诗歌里的中国系列丛书

诗歌里的神话

丁捷 主编
周鹏 编著

河海大学出版社
·南京·

图书在版编目（CIP）数据

诗歌里的神话 / 周鹏编著. -- 南京：河海大学出版社，2024.7
（诗歌里的中国 / 丁捷主编）
ISBN 978-7-5630-8991-8

Ⅰ.①诗… Ⅱ.①周… Ⅲ.①古典诗歌－诗歌欣赏－中国 Ⅳ.①I207.22

中国国家版本馆CIP数据核字（2024）第106111号

丛 书 名 /	诗歌里的中国
书　　名 /	诗歌里的神话
	SHIGE LI DE SHENHUA
书　　号 /	ISBN 978-7-5630-8991-8
责任编辑 /	彭志诚
选题策划 /	李　路
特约编辑 /	翟玉梅
文字编辑 /	徐倩文
装帧设计 /	刘昌凤
出版发行 /	河海大学出版社
地　　址 /	南京市西康路1号（邮编：210098）
电　　话 /	（025）83737852（总编室）
	（025）83722833（营销部）
经　　销 /	全国新华书店
印　　刷 /	三河市元兴印务有限公司
开　　本 /	880毫米×1230毫米　1/32
印　　张 /	8.75
字　　数 /	204千字
版　　次 /	2024年7月第1版
印　　次 /	2024年7月第1次印刷
定　　价 /	89.80元

序

智性的精彩
——《诗歌里的中国》丛书序

/ 丁捷

中国诗歌是中华儿女的性情基因,是中华文明的基因。翻阅人类文明史,不难看到古老的中国是其中的浓墨重彩。其最为厚重的一笔,是彪炳的中国文学,是灿烂的诗歌星河。说中国是诗歌之国,言无夸张。从古代的《诗经》《楚辞》到唐诗、宋词、元曲,再到进入白话文时代洋洋洒洒的现代诗歌,中国的诗歌文化一直绵延不断,千秋万代,日积月累,终成巍峨。卿好诗文,诗富五车,诗风吹得子民醉;曲水文华,诗脉流芳,中国人一言一行、一语一态,声声有情,款款有韵。中华民族因诗歌而气华,因文采而质优。诗歌涵养出独特而又生动的东方性格和东方智慧,哺育出出类拔萃的中华文化。

显然，包罗万象的中国诗歌，远远不止于是一种文采呈现和审美表达，更是一种精神寄托、文化传承、自然观照和科学探求的集大成。认识中国诗歌财富的价值和取之运用，千百年来，我们一直在做，但做得还远远不够。从中国诗库中挖掘瑰宝，我们更多的注重开发其情绪价值和美学意义，较少关注其对哲学、自然、科学等领域的贡献。中国诗歌"内外兼修"的双重丰富性，多少有些被后人"得之于内而失之于外"，很多时候我们沐浴在中国诗歌的文采和情感这些"温软"里，对它浩瀚里所蕴藏的自然科学"硬货"多少有些忽略。《诗歌里的中国》摒弃习惯思维，另辟蹊径，从节气、节日、民俗、游戏、神话等内容元素切入，引领我们探求诗歌中的气象学、社会学和专类文学；借用传统，达成了某种文化创新。这套诗学著作因而呈现出非同一般的编著意义和传播价值。

"二十四节气"、"传统节日"、"民俗"、"游戏"和"神话"等专题专集构成的丛书，集常识性、科普性与赏析性于一体，洋洋大观，知性明了。每本书选取多个小主题介绍相关历史风俗，并选取符合这一主题的古诗词，通过"主旨""注

释""诗里诗外"等栏目,对诗歌进行解读,扩展与之有关的有趣故事,使图书知识性充足,却丝毫不削弱趣味性。《诗歌里的二十四节气》将二十四节气按照春、夏、秋、冬四个季节进行分类。每一节气部分详细介绍了节气的定义、节气的划分、节气三候、气候特点、农业活动及民俗活动等。例如,春分时期的诗歌不仅描述了自然景象的变化,还反映了农耕社会的生活节奏,使读者体会二十四节气在古代社会中的重要意义。《诗歌里的传统节日》按照节日时间分为四个部分:"乱花渐欲迷人眼"、"楼台倒影入池塘"、"菊花须插满头归"和"竹炉汤沸火初红"。每一个传统节日,都从定义、起源和形成、发展脉络到节日活动和习俗,进行全面的科普。通过诗歌,读者可以了解节日的独特意义和文化价值。《诗歌里的民俗》分为人生礼仪、岁时节令、游艺和生活四个部分,每一部分又细分为若干具体的民俗。书中对每一个民俗的定义、形成、发展脉络和习俗进行详细介绍。通过相关的诗歌和注释,读者可以了解古代社会中各种礼仪和习俗的具体表现和文化背景。

  值得一提的是,从古老中国文学中找"游

3

戏"是一件时新的活儿。游戏在我们今天是一种普及化的大众娱乐，在古人那里，却更有娱乐之上的"培雅""社交"功能。这一点太值得我们挖掘了。《诗歌里的游戏》将古代游戏分为文化、博戏、武艺和礼俗四个类别，每一类别包含若干游戏。书中对每个游戏从定义、历史和玩法等方面进行详细介绍。例如，古代的射箭游戏不仅有诗歌的描述，还有射箭的历史和技术细节。通过相关的诗歌和故事，读者可以更好地了解古代游戏的相关知识和古人的高雅娱乐方式。我们今天在为青少年沉湎于"西式游戏"而烦恼的时候，不妨到聪明的祖先那里求助，仙人指路，也许我们因此而抛却外来依赖，开发出更多属于我们自己的、具有强烈民族特色的优质"游戏"。

从文学本身的意义看，《诗歌里的神话》拾遗补缺，为文学学的发展提供了新的参考。本册分为天地开辟、三皇五帝、夏商周等几个时期，详细介绍了每个时期的神话传说。书中通过对相关诗歌的解读，带领读者领略中国文化的起源和神话传说的独特风采。例如，盘古开天辟地的神话不仅有诗歌的描述，还结合了神话的起源和影响，使读者对这段神话有更深刻的理解。中国神话传说丰富多彩，却散逸在苍茫文海，由诗歌开路，踏浪寻踪，不愧为一种大观捷径。

通过《诗歌里的中国》丛书，我们可以穿透历史的缝隙，重新发现那些优秀的传统文化，感受古代社会的丰富多彩和智慧结晶。本套丛书不仅是体例创新的诗词赏析集，更是解构中国传统文化的宝贵资料，使读者在欣赏诗歌的同时，感悟文化之美，厚植爱国情怀，筑牢文化自信，增进科学自豪。

由诗歌等"杰出贡献者"写就的中华文明，源远流长、博大精深，是中华民族独特的精神标识，是当代中国文化的根基，是维系全世界华人的精神纽带，也是中国文化持续和创新的宝藏。习近平总书记在文化传承发展座谈会上，以贯通古今的文化自觉，鲜明提出了中华文明的突出特性，即连续性、创新性、统一性、包容性、和平性。这是对中国文化特性、中华文明精神的深刻总结，是站在推进中国式现代化建设的全新视角，对创造新文化的恢弘擘画，为建设中华民族现代文明提供了根本指针。今日之中国，人民群众对传统文化的热情日益高涨，中华优秀传统文化活力迸发，《诗歌里的中国》丛书出版，正是为了激发大国科学创新潜力，传递民族精神之光，绽放中华文化独特魅力的呼应之作。

时不我待，让我们拥抱这份智性精彩。

2024年6月13日于梦都大街

目录

壹 开辟神话

创世神话 … 三
卢明府九日岘山宴袁使君张郎中崔员外 / 孟浩然 … 一〇

伏羲神话 … 一四
同王十三维偶然作十首（其三）/ 储光羲 … 二〇

女娲传说 … 二三
李凭箜篌引 / 李贺 … 二七

贰

上古帝王神话

| 三五 | 蚩尤炎黄之战 |
| 四〇 | 游仙 / 刘复 |

| 四四 | 黄帝升天 |
| 五一 | 补乐歌十首·云门 / 元结 |

| 五四 | 颛顼神迹 |
| 六二 | 五茎 / 元结 |

| 六五 | 尧授天下 |
| 七〇 | 闻长安庚子岁事 / 徐夤 |

| 七三 | 舜的悲剧家庭 |
| 七八 | 太平乐词二首 / 白居易 |

叁

寓言传说神话

愚公移山 八三
封丘作 / 高适 八七

夸父追日 九〇
效古 / 皎然 九四

后羿射日 九八
古朗月行 / 李白 一〇三

嫦娥奔月 一〇六
春暮思平泉杂咏二十首·月桂 / 李德裕 一一三

西王母传说 一一六
赠李颀 / 王维 一二四

肆 夏商神话

一三一　　**鲧治洪水**
一三五　　奉陪侍中游石笋溪十二韵／卢纶

一三八　　**禹治洪水**
一四四　　白帝城怀古／陈子昂

一四八　　**大禹游踪**
一五五　　读山海经（其一）／陶渊明

一五八　　**夏之立国**
一六五　　奉和圣制龙池篇／崔日用

一六九　　**商汤神话**
一七四　　曳鼎歌／武则天

一七七　　**伊尹事迹**
一八三　　召拜御史大夫赠袁天纲／杜淹

伍
周室神话

周之兴起 — 一八九
依韵修睦上人山居十首（其九）/ 李咸用 — 一九四

武王伐纣 — 一九七
戏咏雪月故事短歌十四首（其一）/ 钱谦益 — 二〇三

姜太公钓鱼 — 二〇六
咏怀古迹五首（其五）/ 杜甫 — 二一二

周穆王游天下 — 二一五
瑶池 / 李商隐 — 二二二

烽火戏诸侯 — 二二七
西施 / 苏拯 — 二三二

陆
春秋传说

二三七	**孔子传说**
二四五	岁暮海上作 / 孟浩然
二四八	**吴越传奇**
二五四	越中览古 / 李白
二五七	**伍子胥传说**
二六二	行路难三首（其三）/ 李白

第一辑

开辟神话

创世神话

传说 //

　　中国历史上，有很多开天辟地的神话，其中不少都有神秘的色彩。屈原在《天问》中也对"天""地"等展开一系列追问："曰遂古之初，谁传道之？上下未形，何由考之？冥昭瞢暗，谁能极之？冯翼惟象，何以识之？明明暗暗，惟时何为？阴阳三合，何本何化？圜则九重，孰营度之？惟兹何功，孰初作之？"翻译出来，就是："远古天地初生的事情，是谁对后人说清？天地未形成之时，根据什么来考证呢？天地混沌一片，谁能弄清楚呢？大气弥漫，又凭借什么来辨别？当时天地已分、昼明夜黑，这又是怎样的过程？阴阳交融，化生万物，什么是本原？什么是化生？天一共有九层，是谁测量的呢？这样伟大的工程，是谁一手创建的呢？"这就是屈原的想象。然而这只是一种问句，并不是一个真正的创世神话。

诗歌里的中国

但有不少有意味的东西，散见在古籍中，它们都有点创世神话的味道。比如说《庄子》里的浑沌传说。南海之帝叫倏，北海之帝叫忽，中央之帝叫浑沌。倏与忽有时候到浑沌那里去玩，浑沌非常友善地对待他们。倏与忽就想着得报答浑沌一下，说："每个人都有七窍，用来看、听、吃、呼吸，浑沌却完全没有，不如给他凿一套吧。"他们一天凿出一窍来，第七天，浑沌就死了。这说得很隐晦，有点像佛教中的"十二因缘"，只是显得较为悲观。"十二因缘"有云："无明缘行，行缘识，识缘名色，名色缘六入，六入缘触，触缘受，受缘爱，爱缘取，取缘有，有缘生，生缘老死。"这是一个人入胎必经的十二个阶段，就是俗话中投胎时所经历的事情。人就是这样生生世世地轮回着，也不知道"缘"到何处，在各"界"都有可能。庄子或许没有想那么深，他想的只是道家所说的那个黄金时代的消逝，让人伤感，这一切都是因为人类有了视听食息啊，于是大道丧亡了。然而这也不是创世神话，它更多像是出生神话，或者说"人之始"。

其实道家有自己的一套论述体系，它不是从创世开始的，而是直接讲到道体。比如《道德经》就直接讲："道可道，非常道，名可名，非常名。"当然还有另外一种断句："道可，道非，常道。名可，名非，常名。"这就比较像创世神话了。它从"道"讲起，它是能生一切的能量，它"认可"的东西才会出现，要是不"认可"就是隐形的，这就是"道"了。它是有一个"可道"与"常道"的区分的，很像哲学中的"永恒客体"与"现实实有"，这才是"道"的本相。也就是说，看见的不是全部，它隐藏着很多深层的东西，就像宇宙中有"暗物质"一样，甚至有"反物质"。这是道家自己的一套理论。

关于创世神话，比较流行的是阴阳二气化生论。这在《淮南子》

诗歌里的神话

中有记载，《精神训》云："古未有天地之时，惟像无形。窈窈冥冥，芒芠漠闵，澒濛鸿洞，莫知其门。有二神混生，经天营地；孔乎莫知其所终极，滔乎莫知其所止息；于是乃别为阴阳，离为八极，刚柔相成，万物乃形；烦气为虫，精气为人。是故精神，天之有也，而骨骸者，地之有也。精神入其门而骨骸反其根，我尚何存？是故圣人法天顺情，不拘于俗，不诱于人；以天为父，以地为母；阴阳为纲，四时为纪；天静以清，地定以宁；万物失之者死，法之者生。"这是很典型的阴阳二气化生人世论。这就不是一个人可以构造出来的了，它综合了许多元素，形成一套稳妥的说法。它把人的产生也算进去，是真正"天人合一"的一套论说。然而斧凿的痕迹太重了，是汉代人重新整理的结果。

关于创世，还有一些荒诞的神话，比如说《山海经》里的"烛龙神"。这个神人脸蛇身，眼睛是竖着的，只要一睁眼，就是白天，一闭眼，又变成黑夜。吹一口大气，马上寒风凛冽；呼一口小气，又是夏日炎炎。它似乎是北方幽都的守护者，烛照黑暗的大地。这也是一个传说，然而它终究是神造天地的一个化本。

有名的盘古的传说是怎么来的呢？到了三国时期，徐整的《三五历纪》中才写出了这段："天地浑沌如鸡子，盘古生其中。万八千岁，天地开辟。阳清为天，阴浊为地。盘古在其中，一日九变，神于天，圣于地。天日高一丈，地日厚一丈，盘古日长一丈。如此万八千岁，天数极高，地数极深，盘古极长，后乃有三皇。数起于一，立于三，成于五，盛于七，处于九，故天去地九万里。"这就是写天地创生的过程。那个时候天地像鸡蛋一样，大神盘古就在其中化生出来。一共经历了一万八千年，天地才分开，轻盈的称作阳，上升为天，浊重的叫作阴，下降为地，盘古在其中变化，每天都有多次。他是天地的神圣

诗歌里的中国

至尊,天每天长高一丈,地也每日增厚一丈,盘古也就日长一丈,成了天地间的巨人。这样又过了一万八千年,天已经长得极高了,地也极深了,盘古变得极其大,在他之后才有天皇、地皇和人皇。一是始数,到三建立,到五形成,七就是盛点,到九就告一段落,所以说天地之间相距九万里。这就是传说中的"盘古开天地"。

但这个故事出现得太晚了,不知道整合了什么材料。然而大家都接受了这样一种说法,这是一种很奇怪的事,"盘古开天地"流传至今,成为一种定论。它在众多创世神话中脱颖而出,被人广泛接受,可能是由于它说得最丰富翔实,已经有点《创世纪》的味道了。它可能是近代才流行起来的,然而也无从考证到底是哪一家的说法。总之,大家都普遍接受了盘古这样一个大神作为我们创世的祖先。

影响

创世神话在中国其实并不丰富。因为在道家的论述中,它不会先设一个本体天地的背景,然后演出各种各样的世情。这就是说,道家的创世论并不是一种僵硬的宇宙起源论,而始终是跟"道"有关,毋宁说是一种梦幻般的起源论,他们在"道"境中观到的那个象,这才是"天地起源论"的说法。也就是说跟宗教经验有关,而不是臆想。然而宗教经验是不是就是真实的呢?如果依《楞严经》的说法,则都是幻象的变现。但那是就空性上论,如果从实性上讲,道教徒看到的"天地起源"未必是假的,反而是我们自己遮蔽了自己的眼睛。

诗歌里的神话

比如说道教徒经常看见的,从胸中流溢出一个宇宙,这就是在定中常见的景象,无论佛道二教,在修炼中都会有的。这是不是"宇宙起源"呢?这不能说是幻象,因为那么多人都证实了。倒是可以证实佛教的"三界唯心"的讲法,只是人用肉眼看不到罢了。

这样说起来,那些五花八门的创世神话,就不好说是不是修真者的一种所见,流溢中的所见变成了一种神学化的表述。每个人的表述可能都不一样,但大体无差。然而这只是道士、和尚的说法。

如果修真者的修真成果一旦僵化成一种传说呢?那就真成"天地起源论"了。比如说天地开辟,诞生英雄,然后创生人类,都必有一个"初"字。这就是真正的神话了,与"宇宙大爆炸"异曲同工。比如说要找到一个时间奇点,像斯蒂芬·霍金说的那样。像斯蒂芬·霍金那样倒推多少亿年,去寻找一个宇宙的起始,其实是一种神话思维。

即如"盘古开天地"的传说,它是一个依次渐长的"天地起源论",仿佛要撑开了天地似的。如此,方才有后来的"女娲补天"。"盘古开天地"似乎是反参了"女娲补天"创生出来的一个传说,或者说是倒推出来的。这就是"盘古开天地"的思维,是一个整合的结果。

然而你要按照"瞬息全宇宙"的办法来看呢?《庄子·天地》里倒有一段,很清晰地表明了这个过程:"泰初有无,无有无名。一之所起,有一而未形。物得以生,谓之德;未形者有分,且然无间谓之命;留动而生物,物成生理谓之形;形体保神,各有仪

七

诗歌里的中国

则谓之性。性修反德，德至同于初。同乃虚，虚乃大。合喙鸣，喙鸣合，与天地为合。其合缗缗，若愚若昏，是谓玄德，同乎大顺。"这真是"非修道者不能言"了，因为这无论如何不能装下一个天地的框架，完全是当下的展现，它顺着道流出来，形成一个天地。这就是道教的梦幻感，道教徒几千年追求的都是这个。可见，《道德经》的神秘，包括《庄子》《列子》等道家经典，都有这种梦幻感。

对于宇宙的探索，在今天的科技条件下已经不难实现了，这种梦幻的道味也确实超前。然而在上古是不是都是这个样子呢？这也不是什么难观到的象，稍微修修佛道都能实现，这也是宗教文化在上古泛滥的原因。我们也知道黄帝为什么如此神秘了。

"开天辟地"确实是件大事，无论你从历史的角度说，还是站在道真的广角上看，它让人类有了可能。唯有开天辟地而后才能造人，这才有了人间的万象。

◆ 宋赵伯驹飞仙图 轴（局部）

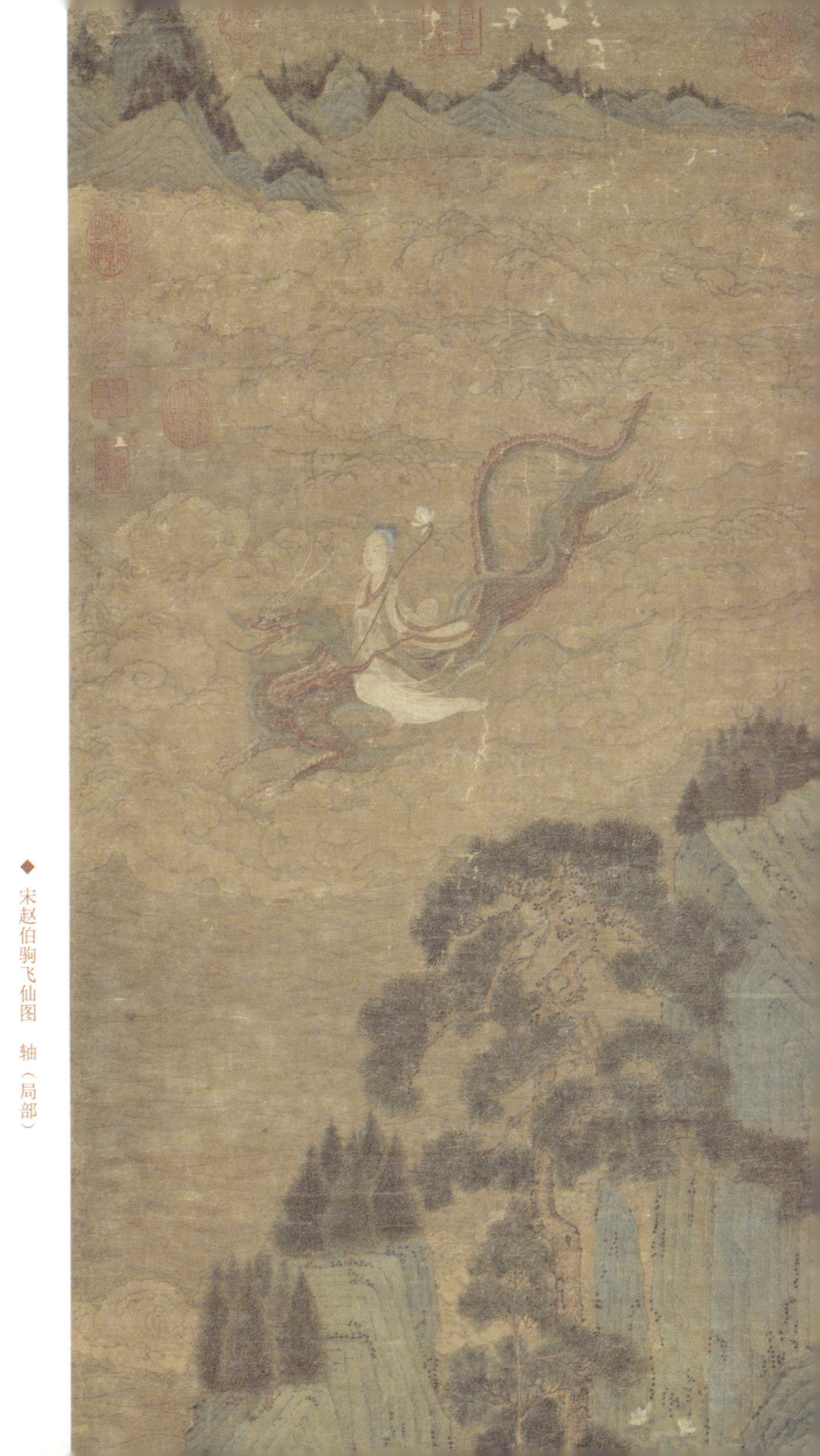

本幅仙人手持荷花，乘着飞龙，穿梭于云气之间。

诗歌里的中国

卢明府九日岘山宴袁使君张郎中崔员外

唐·孟浩然

宇宙谁开辟,江山此郁盘①。
登临今古用②,风俗岁时观。
地理荆州分③,天涯楚塞宽。
百城④今刺史,华省旧郎官⑤。
共美重阳节,俱怀落帽欢⑥。
酒邀彭泽载⑦,琴辍武城弹⑧。
献寿先浮菊⑨,寻幽或藉兰。
烟虹铺藻翰⑩,松竹挂衣冠。
叔子神如在⑪,山公兴未阑⑫。
传闻骑马醉,还向习池看。

孟浩然(689—740),字浩然,襄阳人,少好节义,隐居鹿门山,四十岁游长安,举进士不第,曾于太学赋诗,一座叹服。与王维同属山水田园诗人,有《孟浩然集》。

诗歌里的神话

主旨

此诗写诗人重阳节邀请友人相聚、把酒言欢之景。

注释

① 郁盘：弯曲延伸之貌。
② 登临今古用：登临显出了今古的不同。
③ 地理荆州分：岘山位处荆州之中，约可半分荆州之地。
④ 百城：古称各地方官曰百城，这里或指袁使君。
⑤ 华省旧郎官：《旧唐书·职官志》："（秘书省置）校书郎八人，正九品上。"华省，秘书省的俗称。
⑥ 俱怀落帽欢：《晋书·孟嘉传》："（嘉）后为征西桓温参军，温甚重之。九月九日，温燕龙山，僚佐毕集。时佐吏并著戎服，有风至，吹嘉帽坠落，嘉不之觉。温使左右勿言，欲观其举止。嘉良久如厕，温令取还之，令孙盛作文嘲嘉，著嘉坐处。嘉还见，即答之，其文甚美，四坐嗟叹。"故重阳登临之乐即为"落帽欢"。
⑦ 酒邀彭泽载：请陶渊明载酒来喝。陶渊明曾为彭泽令，故云。
⑧ 琴辍武城弹：《论语·阳货》："子之武城，闻弦歌之声，夫子莞尔而笑，曰：'割鸡焉用牛刀？'"这里指县令的治迹，有礼乐之风。
⑨ 献寿先浮菊：《荆楚岁时记》："九月九日……佩茱萸，食饵，饮菊花酒，云令人长寿。"

⑩ 藻翰：藻翰，多彩的羽毛。

⑪ 叔子神如在：羊祜的神灵仿佛在那里。叔子，晋羊祜字。《论语·八佾》："祭神如神在。"

⑫ 山公兴未阑：山公，山简。《晋书·山简传》："简优游卒岁，唯酒是耽。诸习氏，荆土豪族，有佳园池，简每出嬉游，多之池上，置酒辄醉，名之曰高阳池。"

诗里诗外

查一下盛唐著名大诗人的生卒年月，我们会发现，除了贺知章、孟浩然等，他们大都经历了安史之乱（安史之乱公元755年爆发）。除此之外还有一个名气不大的李颀，当然他活得长一点，也没有赶上安史之乱。这些都是真正的幸运儿，不必经受战火的洗礼，在盛唐的怀抱中睡去。

其实最好是出生在7世纪70年代，在安史之乱前一年去世，这样就占尽了天时地利人和，成为最幸运的人，不知道有没有这样的名人，诗人中只有李颀最像了，但他晚生了20年，寿数有点不够。

于是最有福气的只能算是贺老翁了（659—744），他一生只见盛世，连天宝的衰音也没怎么体验，虽然年轻时经历了一些动荡，但那都是盛唐的气象。这样幸福的人在历代诗人中是很少见的，既有名气，又不遭祸患。

其实判断一个人有没有福，多数情况下，殁年比生年更重要。

◆ 盛唐 双龙飞仙菱花镜

八瓣菱花形镜,半球钮。镜钮两侧各有一龙,呈双龙抱珠之势。四周为四组仙人乘骑,乘凤仙人吹笙、骑狮仙人手持树枝、驾鹤仙人捧桔、骑马仙人持扇,每组仙骑之间为瑞花纹。外区略高,饰飞天仙人及衔绶鹤鸟,飞腾于祥云间。全器纹饰排列有序,但内外区仙人反向绕行于空中的布局,呈现交错的动态感。

伏羲神话

传说 //

说起伏羲，就不得不说女娲了。传说他们是兄妹，都有着创生人类的功绩。

他们的传说跟诺亚方舟有点像，于是便不是那个开天辟地的伏羲与女娲了。中国神话里这样的传说有很多，尤其是一些少数民族的传说，把伏羲与女娲描写成上一世人类的遗留，然后引生出这一世人类。也就是说上一次洪水只剩下他们两个人，他们两人创生了整个人类。这也有些过于离奇了。不知道他们说的洪水指的是哪一次，应该不是"浩浩怀山襄陵"那一次，那也太晚了，应该是更古老的过去，恐怕要延续到恐龙时代了，只有那个时候才有可能创生人类，才有可能有创世神话，才有可能有两兄妹的遗留。

然而伏羲单独的神话也并不少。传说在中国西北几千万里的地方，

诗歌里的神话

有一个国度叫华胥国。这个国家是一个极乐之邦，人民生活得很快乐，真是道家向往的上古神仙之地。那里有一个叫华胥氏的姑娘，她去一个大沼泽旁边玩，发现一个巨人的足迹，不小心踩了上去，不久之后竟然怀孕了，生下了一个男婴，这就是伏羲。然而这是谁的足迹呢？那片沼泽叫作雷泽，他可能是雷神的儿子。雷神长着人首龙身，而伏羲也是人面蛇身，这更可以证明他是雷神的儿子了。

那时候天地还没有连通，伏羲便经常上天下地，来回传达神意。有好几座天梯在天地间，我们熟知的昆仑山就是最有名的一座天梯。远古时代能上天梯的只有三种人——神、仙、巫，但有时候一些百姓也能上去，他们凭着自己的勇敢直冲天庭，也见到了许多奇景。这些天梯，凡人是不容易接近的，往往置于山谷，水火成障，因登天梯而掉下山谷的凡人也不少。这就滋生了很多神话，在这些神话中，人们可以沿着天梯上下，这才有伏羲的英雄事迹。他是天地间的使者，在天地间来回传达信息，给人间带来了很多文明。

伏羲后来也成了神，掌管东方天空，叫作东方天帝太昊伏羲。他有一个佐神叫句芒，传说他手拿一个圆规，与伏羲共同管理着春天。有些神系也是比较混乱的。又有人说句芒是西方天帝少昊金天氏的儿子，他为什么要做东方天帝的辅臣呢？可能是记载有误。但伏羲确实是东方的天神，掌管着草木的荣枯、衰旺。

然而东方天帝只是伏羲在天上的神职，他最大的功绩即是像普罗米修斯一样，把火种带给了人间。有人说钻木取火是燧人氏发明的，还有人把它记在黄帝名下，但我们只要想到伏羲是东方之神，又是雷神之子，那他产出火花，也就是顺理成章的事了。当然他取的可能是天然的雷火，人们记住的不是取天然的雷火的神仙，而是发明钻木取

诗歌里的中国

火的祖先。

　　大神伏羲在文化上也有不朽的功绩，传说中的先天八卦，就是伏羲从定境中带出来的。现在修行人如果深入禅定的话都会看到先天八卦，那是一个原始天图，是由伏羲传下来的。所谓"乾三连，坤六断，震仰盂，艮覆碗，离中虚，坎中满，兑上缺，巽下断"，这就是先天八卦的形状。他还教会人们使用这些东西。《周易》上说："古者包牺氏之王天下也，仰则观象于天，俯则观法于地，观鸟兽之文与地之宜，近取诸身，远取诸物，于是始作八卦，以通神明之德，以类万物之情。"当然这是从一个历史的角度上说的，也是先天八卦的起因。

　　不像黄帝他们，伏羲的后代不在中土，而是在西南的巴地。他有一个后代叫廪君。据说早先的时候，由于部落里经常发生纠纷，他们就约定赌赛，谁赢了谁的神祇就是部落供奉的尊主。几番回合下来，廪君获得了胜利，他就成了西南部落的共同首领。他们离开自己原先住的洞穴，要寻找新的水源，要迁居到新的地方去。途中路过一个叫盐水的地方，盐水的女神爱上了廪君，天天来与他缠绵。那时候人神交配是很正常的事，更何况廪君是伏羲的后代。她似乎想把廪君留在盐水一带，让他不要再前进了。于是她和一些山精水怪，变成一大群小飞虫，遮天蔽日的，阻住廪君他们寻找新居住地的步伐。廪君想法子劝说，然而女神一味缠绵着，并不听劝告。他就想了个办法，打算除掉她。有一天二人缠绵的时候，他就拔下自己的一绺头发，对女神说："这是我们相好的见证，你千万随身带着，不要丢了。"女神相信了他。第二天她再变成小飞虫的时候，那绺青丝，也就垂在半空中，成为一个显眼的标识。廪君取出弓箭，对准天空中头发的所在，一箭射了过去。只听得微微一声呻吟，从空中轻飘飘地落下一个女人来，落到水里，

诗歌里的神话

随风而逝了。遮天蔽日的小飞虫消失了,眼前又出现了万里无云的晴空。廪君又走到一片山溪前,这里林木蓊郁,但是黑漆漆的,像是一个大洞穴。他沮丧地说:"我们刚从原先的洞穴中走出,又走到这个地方,怎么会这样啊!"正说着,眼前的山岩一下子崩塌了,露出一截石梯。他领着众人向上去,来到峰顶的时候,他被眼前的景象惊呆了:这是一片适于居住的良田。他想测算是否可以在此建立都城,就把竹签向上抛,结果竹签都附在了石头上,似乎伏羲在说:"就住在这吧,别走了。"于是他打定主意,率族聚居下来,这就是所谓的夷城,他们的民族遂称为巴族。

这就是伏羲及其后代的故事。

影 响

对于中华民族来说,伏羲是正神,许多修禅定者在定境中都能见到伏羲本相,这证明伏羲诞生时间的久远。如果说黄帝是人文始祖,那他就是天人之源了,仿佛《圣经》中的亚当,是一个初始的存在。然而他也存在诸多谜团,很多人把他混同于燧人氏,以为其是钻木取火的祖先,这就把他的意义小化了。他的确传了火,然而却是天火,是从天上带来的雷火,"雷火"在《周易》中为"丰"卦,是明智的意思。他从此带来了文明的智慧。那个时候天人相通,然而大地却是蛮荒一片,他是文明的窃火者,教给了地上人类生存的方法。然而文明的传承需要一个过程,不知经过了多少时间,才能发展到黄帝的时候,形成民族。这在天人看来是小菜一碟,

诗歌里的中国

但在人间却是不知经历了多少大劫，文化传承的艰难可见一斑。

然而他的意义不仅于此，他正了源脉，比如说文化上的一种正统感，是要从伏羲算起的。治《易》者都会说："古者包牺氏之王天下也，仰则观象于天，俯则观法于地，观鸟兽之文与地之宜，近取诸身，远取诸物，于是始作八卦，以通神明之德，以类万物之情。"无论是易学还是字学都从此发源——《说文解字·序》里也引用了这一段，这就是共同的取法之源，原来在未有文字之前已有卦。这就脱离了人世间的种种凡俗，为中华文明找到了一个神学解释，所谓中华文明也是承于先天的，不仅仅是历史发展的成果。

伏羲大神还和女娲一起，成了神话故事中中国人的始祖。我们不知道中国人是不是洪水遗留下的产物，或者如南怀瑾大师所说，是上一个冰河世纪留下来的人种，但中华民族的文化传承是不同于世界各民族的。然而这个洪水不同于尧时的洪水，那估计是大陆板块漂移之前了。所以中国人显得那么"古"，似乎与这个现代世界格格不入，其实是文明的本色显露出来造成的影响。这样一种文明特色，飘着远古的气息，但又没有中断过，简直是个奇迹。

伏羲还有一定的象征作用，比如说礼制，没有伏羲，中国不成礼，却又不是孔子说的那个礼，而是一种根本上的仪式感，我们举手投足间都会体现着的，融入中华民族的血液。

一八

◆伏羲坐像　軸

同王十三维偶然作十首（其三）

唐·储光羲

野老本贫贱，冒暑锄瓜田。
一畦未及终，树下高枕眠。
荷蓧者谁子①？皤皤来息肩②。
不复问乡墟，相见但依然③。
腹中无一物，高话羲皇年④。
落日临层隅，逍遥望晴川。
使妇提蚕筐，呼儿榜渔船。
悠悠泛绿水，去摘浦中莲。
莲花艳且美，使我不能还⑤。

储光羲（约706—约763），润州延陵（今江苏丹阳）人，开元十四年进士，后隐居终南山，后出任太祝，世称储太祝，安史乱，被俘，受伪职，乱平，被系下狱，后谪岭南。擅田园诗，笔意细腻，意境优美，多闲适情调，有《储光羲集》。

诗歌里的神话

主旨

此诗为野老田兴,欲有所归之慨。

注释

① 荷蓧者谁子:《论语·微子》:"子路从而后,遇丈人,以杖荷蓧。"这里指野老,欲有所指摘的样子。
② 皤皤来息肩:皤皤,白发苍苍的样子;息肩,休息。
③ 相见但依然:一见面就很热乎。依然,留恋不舍的样子。
④ 高话羲皇年:却能谈及伏羲时候的事。
⑤ 莲花艳且美,使我不能还:莲花的艳丽使诗人陶醉其中。另:莲花有西天之意,又有隐士之意,故云。

诗里诗外

　　诗人往往向往田园生活的闲适。这种情怀已经很少有人能体会了。英国也有湖畔派诗人,美国也有梭罗,这种归隐的情怀是共通的。即便现在,终南山还有真正归隐的人。他们大都是一些淡泊名利者,或者说是不愿做过多折腾,又过不惯现代生活的人。这种隐士情结,其实是中国文化的一个特色。正如李泽厚所讲,儒道互补，它形成了一种真正意义上的休憩感，这种休憩感在现代是没有的。于是大家都是儒，疲于奔命于世俗的事务中，这就叫失衡。

许多人在现代也是归隐的，那是一种心态，其实也就是守住心灵的一片净土，也就是陶渊明所谓的"吾亦爱吾庐"。这种选择是极难的，庄子说守"心斋"，也就是这种功夫。然而也不是什么事都不做，尤其在现代社会，多数人即使没有那种隐士气象，找到一种闲适的心境，也就是极难得的事了。

女娲传说

传说 //

  天地开辟之后,大地上一片荒凉,植被也缓慢地生长着。女娲从天庭下来后看到此景,便决定要造点和神相似的东西。

  她蹲下身子来,搓了一点土。又见溪池清澈,便又添了点水汽揉在泥土中,于是出现了一个像饺子一样的东西。她轻轻地吹了口仙气,小东西活了,轻轻地走向女娲,"啊,啊"地叫着,像是在感谢她赐予自己生命。然后他又觉得孤独了,独自一人在那站着。女娲想:要多造几个"小东西"才好。于是她又造了好几个,她给他们分出了性别,有两种,就像天界的神一样,只不过他们有固定的身躯,不能飞走罢了。她把这东西叫作"人",她觉得这是自己很好的作品。

  天上诸神看了这东西,都觉得挺有趣的,于是纷纷飞下来,来到地面上。他们觉得这种人类很可爱,便也取地上的地肥食了起来。女娲说:"你们可不能食多,这是地上的生物。"众神也不听她的话,他们很爱那种地肥的味道,于是便食上了瘾。渐渐地,他们的身体沾了很多泥垢,重了许多,有些食多了的神的身上变得垢腻起来。他们便留在了地上,也变成了"人"。

女娲看着这些,叹了口气:"看来真要做人类的始祖了。"她又造了好些人。有时候她觉得造人的效率太低了,便从山崖上抓下一把藤,放在泥水里,然后甩向天空,泥点降落,随处都有人的出现。人的踪迹遍布大地,包括那些"退化"的神仙。他们走向四面八方,成了世界的主人。

但人经过一代,很快就死去了。女娲想:看来得想个方法让人类活下来。于是她让人类中的男女结合在一起,让他们交配,然后生育出子女。慢慢地,人类都参与了婚姻这种事情,渐渐繁衍起来,也诞生了各种婚姻文化,有保守的,有开放的,有男性主导的,有女性主导的,交替出现,构成了丰富的人类文化史。

人类生出子女的同时也出现了长幼之分。中国人尤其注重这种文化,到后世愈演愈烈,成了一种孝道的文化体系,有时候甚至超越了男女本身的性别之分。有些地方则很随意,但他们又立了一尊"神",听那尊"神"的号令,忘了女娲这个始祖了。还有一些地方什么都不信仰,这种婚姻制度也就是个家庭伦理罢了。

然而女娲这个婚姻之神还是做了些工作的,她尤其偏袒"东亚"这一块的人,可能觉得他们比较有灵性吧。所以东亚人的后代都把女娲奉为"媒神"。人们为了祭祀她,举行极其隆重的典礼。他们在郊野筑坛,建立神庙,用"太牢"之礼(猪牛羊三牲齐备)来祭祀。她还开放了一些禁区,到了早春二月的时候,人们举办盛会,令男女自由相会,只要双方愿意,都可以自由结合,幕天席地,以成佳配。有时候她还当

诗歌里的神话

送子娘娘，为天下的新婚夫妇送子女。那些求子女的，纷纷来到庙里来请愿。她是月老和送子观音齐当，是中国人的祖宗神。

她还干了一件大事。有一天，不知发生了什么事，天塌了。这件事离共工已经很远了，并非共工引起了天柱折。大约神国又发生了一场大战，在下界工作的女娲也不知道。她觉得她有责任去解决这个问题，因为她刚造了子女，也就是人类。"我要不补天的话，这让人类孩子们怎么办呢？"她艰难地叹了口气。她开始找一些不同的五色石子，将它们熔炼后补在天的窟窿上，补好后，看有什么不均匀之处。做完这些还不够，因为天的塌陷，导致一些毒蛇猛兽开始袭击人类。她把一只巨大的龟杀死，用它的四个足，支撑在天的四角上，这叫作四维。她还杀死一条巨大的黑龙，因为它趁机掀起水患；又把芦草烧成灰，用来阻塞洪水。灾难总算平息了，人类有幸避免了一场浩劫。

自从女娲将天补好之后，人间度过了一段平静的时期。那个时候神农、黄帝都没有出世，还是道家所说的上古黄金之世。人们去不知所往，来不知所终，一以己为马，一以己为牛，混混沌沌，终身不离，是谓至道。然而不久之后天下又乱了，因为人已开化，混沌被凿破了。(《庄子·应帝王》)

女娲办完这些事，便觉得一生的使命完成了，就安心地闭上了双眼。据传说，她的尸体化为了山陵。也有说她未死的，只是回到了天庭，向天帝报告。或者说她自己就是至高之神，从此静静地看着人类繁衍生息，成为山陵的守护者。

影 响

神话传说中，人是女娲造出来的，然而女娲为什么造人呢？说

诗歌里的中国

她是为了打发无聊,这是鲁迅先生的讲法。因为大地上不能没有人,所以作为神必需造出人来,哪怕是神仙下凡退化成的人。这在《圣经》中也有表述,它说神照自己的样子造人,这不就是说人是必需之物吗?或者人是从光音天下来的,如佛经(《起世经·最胜品》)中表述的那样,那是一种更加真实的历练了。人要返回天上必须经受历练,这是一个否定之否定的过程。这才有了宗教文化中的救赎回归论。我们也可以说女娲自己下了凡。或者说,神化身成一些东西,然后又回归天上。东方文化中是没有后者的,这是由佛教补充的。道教只讲回归天地,其实是一种同义反复,或者说平行位移,因为道教徒没有说自己回归"天地"的,都是要修真上行。于是弥赛亚的传说,东西方其实都存在,为了救赎女娲产生的缺失。

我们也不好议论女娲太多,因为造人是一件巧合的事,或者说因缘而成。要按道教的说法,或者说是"道要证道"吧,那人还是要出生的,女娲娘娘还是有很多任务要做。然而道教也是一片好心,或者说不愿讲透其中的道理。

岁月如梭,我们能干什么呢?这个女娲没说,还是靠后来的黄帝来补足的。不过,他这个人云来云去的(《史记·五帝本纪》:"官名皆以云命。"),也不好议论。

中国的神话,其实很难讲清楚二人的功过。

然而我们依然承认自己是女娲、黄帝的子孙,就像承认亲生父母一样。

诗歌里的神话

李凭箜篌引

唐·李贺

吴丝蜀桐①张高秋,空山凝云颓不流。
江娥②啼竹素女③愁,李凭中国弹箜篌。
昆山玉碎④凤凰叫,芙蓉泣露香兰笑⑤。
十二门⑥前融冷光⑦,二十三丝⑧动紫皇⑨。
女娲炼石补天处,石破天惊逗秋雨。
梦入神山⑩教神妪⑪,老鱼跳波瘦蛟舞⑫。
吴质⑬不眠倚桂树,露脚斜飞湿寒兔⑭。

李贺(790—816),字长吉,福昌(今河南宜阳)人。唐诗人,聪颖过人,工于诗文,喜用奇字异辞,富有想象力,著有《昌谷集》。

◆清张廷彦青女素娥（局部）

诗歌里的神话

主旨

此诗赞美弹者的技艺精妙,让人想入天地。

注释

① 吴丝蜀桐:吴地丝,蜀地桐。此为制作箜篌之材料。

② 江娥:舜的妻子娥皇、女英。《述异记》云:"舜南巡,葬于苍梧,尧二女娥皇、女英泪下沾竹,文悉为之斑。"

③ 素女:传说中古代神女,善歌弦。《史记·封禅书》:"太帝使素女鼓五十弦瑟,悲,帝禁不止,故破其瑟为二十五弦。"

④ 昆山玉碎:清脆的乐音。昆山,昆仑山。玉碎,这是写声音之清脆。

⑤ 芙蓉泣露香兰笑:乐声时低回,时清脆。这是以貌写声。

⑥ 十二门:长安一共十二门,东南西北各三门。

⑦ 融冷光:被包围在清泠的乐声中。这是说长安城都萦绕在这种箜篌的环境里。

⑧ 二十三丝:《通典》:"竖箜篌,胡乐也,汉灵帝好之,体曲而长,二十三弦。竖抱于怀中,用两手齐奏,俗谓之擘箜篌。"

⑨ 紫皇:天上最高神。这里指皇帝。

⑩ 神山:疑指昆仑山。

⑪ 神妪:疑指西王母。大约是反用周穆王典,改成凡人教仙人技艺。

⑫ 老鱼跳波瘦蛟舞:鱼龙随着乐声起舞。《列子·汤问》:"瓠巴鼓琴而鸟舞

诗歌里的中国

鱼跃。"

⑬ 吴质：吴刚。《酉阳杂俎》："旧言月中有桂，有蟾蜍，故异书言，月桂高五百丈，下有一人常斫之，树创随合。人姓吴名刚，西河人，学仙有过，谪令伐树。"

⑭ 露脚斜飞湿寒兔：露珠下滴，沾到了月中的玉兔身上。

诗里诗外

到底是什么原因，李贺才成了"诗鬼"呢？有人说他身体羸弱，又少年不得志，故多感伤情绪。然而此种人多了，唯有他的诗中总是出现"鬼、泣、血、死"之意象，使他诗多鬼气。他那种怀才不遇的忧愤，变成了一种瑰美冷峭的语言，所以看起来胆战心惊，又让人毛骨悚然。这也是中唐的气象所致，许多人都这样终老一生。

其实到了唐朝，人神之途已经被打破了。为什么呢？因为佛教的传入，它那种奇诡的论述，远远超出了中国神话的范围。人们活在一种佛教的氛围中，通透得很，即便遇到上界真仙，也不再如秦汉时那么崇拜。生死之途的宽阔，诞生出一种奇异的诗体，远不如秦汉时那么哀愁，却也吊诡得很。像李贺这样的诗人，他一定是感受到了这种氛围，而没有走仙之一途。其实李贺的这种诗体不宜多写，沾满了鬼神气氛，负能量多了点。然而神仙的痕迹，在他身上也是有的，所谓"鬼仙"也许更适合评价他吧！我们看黎简对其的评价："论长吉每道是鬼才，而其为仙语，乃

诗歌里的神话

李白所不及。"李贺之诗,是其通透过去才写得出来的东西。

所以世上常有"鬼仙"这种人,辨不清是正是邪,但又通透伶俐。这也是因为中唐人所处的环境,不复盛唐人昂扬向上、豪放自信,而是在开放依旧却积弊丛生的社会里,浪漫而忧郁,豪迈而深沉。所以,人间多出几个"鬼才"也好,说出一些"秘语"来,打破一下如此沉闷的环境。

第一辑

上古帝王神话

蚩尤炎黄之战

传说//

　　蚩尤炎黄之间有复杂的纠葛，短短的篇幅也写不完，古时的记载也不一。一般的讲法是，炎黄二帝最终联合在一起，消灭了蚩尤。自春秋以来，对蚩尤的评价多有矛盾。蚩尤，作为上古时代九黎部落联盟的首领，为中华早期文明的形成作出了杰出贡献。所以，有的人建议，应该共立三祖，蚩尤也算上，算是给蚩尤正名了。

　　然而蚩尤是个什么人呢？有人说他是"人身牛蹄，四目六手"，这就是一个怪物了，或许说像牛魔王的样子吧。然而他也曾和黄帝好过，后来为什么失和呢？大约也是"没有永远的朋友，只有永远的利益"

这样的话头。他不满黄帝的统治，自己也有些实力，他想联合炎帝来反对黄帝，但炎帝不同意。炎帝不是没有和黄帝争斗过，《史记》上说"三战，然后得其志"，就是说炎帝被黄帝降服了，到南方做一个小小的天帝。所以说当蚩尤来找他的时候，他是不同意的。

于是蚩尤开始了战争准备。他首先联系了苗民，还请了不少山精水怪来帮忙。传说他有驾驭山精水怪的力量。然后他就开始了对黄帝的征伐，居然打着炎帝的旗号，说是要为炎帝复仇，以至于后来都说是黄帝与炎帝打了一场大战，把蚩尤的战绩抹去了。

黄帝一开始是很狼狈的，他一连打了好几个败仗，因为对方势力太强大了。但他也有怪兽来帮忙，《史记》上说他善于训练动物，这才勉强支撑，但也找不到战胜蚩尤的方法。

黄帝还想了其他的办法来打赢这场战争，比如说他有一个叫风后的臣子，风后为黄帝制造了一座指南车，有辨明方向的作用。他用它与蚩尤打仗，就再也不会陷入包围圈了，即便是飞沙走石遍地，黄帝照样能突出阵来。他还有一条龙，名叫应龙，专门对付那些魑魅魍魉的。那些魑魅魍魉很怕龙的叫声，应龙一到，它们全都自然消散。他还有一个叫"魃"的女儿，一肚子都是热气，施放在战场上，热浪也杀死了一部分仇敌。后来她变成了一个祟人之物，成为制造干旱的祸首，这也是战争造成的遗灾。

但这样也是打不赢蚩尤的，因为蚩尤也有很多帮手。黄帝得靠谋略来战胜对方，因此他请了玄女来帮忙。这个玄女不知道是不是就是传说中的九天玄女，她是人头鸟身。她传授黄帝许多计谋，让黄帝不要跟蚩尤硬拼，兵法的"重谋"就是从这里开始的。黄帝因此打了好几个胜仗，顺便擒住了帮助蚩尤作战的夸父一族。在最后一战中，黄

诗歌里的神话

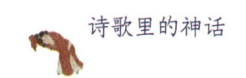

帝擒住了不可一世的蚩尤,结束了这场战争。

这就是传说中的黄帝蚩尤之战,因为牵扯到了炎帝,也可以叫作蚩尤炎黄之战。这是最早的中原大战,是决定中华民族历史命运的一战,传奇的色彩很浓。它应用的巫术图腾,说不定是历史上水平最高的,从此之后,巫术图腾就开始降势了,天地之间的通道也开始关闭了,人间变成了真的人间。仙人永居仙界,绝地天通只是一个总结,不再会有希腊神话中人神交配的样子。中国文化的特质由此奠定,成了一个特殊的存在,温良恭俭让的玉文化,由此占据了主导地位,不再有巫术图腾的乌烟瘴气,这也是这场战争的功绩。

影响

这场战争的影响,委实说不尽,简直颠覆了所有的认知。中国为什么没有像西方一样呢?或者说,中华文明和西方文明为什么没有殊途同归呢?在上古的时候,巫术图腾到底有多大的势力?那是超出人想象的。黄帝就是人族的代表,护卫着人族的尊严。他扫除了一切障碍,让中国没有巫术图腾泛滥,人们得以安静平和地建设家园,是有功绩的人文始祖。

后世已经轻描淡写地讲这件事了,史官已经抹去了一切神异的痕迹,只有《山海经》中有些许记载。大家不记得那场战争的细节,只记得黄帝的文治武功和后世的德政。

其实,我们应该好好追索这段历史,将一切放在德政的旗帜下。我们也曾经在刀耕火种中、在巫术图腾中,摸爬滚打起来。《金枝》

诗歌里的中国

（弗雷泽）里讲过原始社会的图景，一个"王"去世后，许多个"王"都会来争位，斗争之激烈，手段之残酷，远非今人所能想象。

这造成的结果是，那些神异的历史，被掩盖在德政的幌子下，只有《山海经》能看出一点端倪，这才有了《山海经》热。

究竟应该怎么评价蚩尤炎黄之战呢？黄帝作为人族的领袖，改变了这个民族的历史，才有了一片清平的世界；作为久远的氏族领袖，他又制定了人伦，奠定了中华人文的基础；而作为大神级人物，黄帝又留下了许多秘典。如此三种身份，才配得上中华始祖的称号。

也就是说，也正因为有了这场蚩尤炎黄之战，中国才成为中国，从此开天辟地了，中华文化独树一脉，不同于世界上任何一个民族，成为人类的经典。

绝地天通之后，这段历史湮灭了，只变成了历史传说。这是世界历史的一个例外。东亚大陆孤立在亚欧大陆的东缘，与别的文明不交，喜马拉雅山挡住了一切。

或者讲，这是一个故意的误会，因为黄帝制定的人伦就是这个样子，让人忘记那场战争吧，不要再想那种惨烈的事。知道在这场战争中死了多少人吗？动了多少天机吗？耗了多少真元吗？这是道的战争，决定千古命运的。作为大祭司，能不懂这一点吗？于是就忘记它吧，让它沉没在历史中，我也就仙去了。

所以说上古是人神一体，不同于后面的样子，这是司马迁以后避讳谈的东西。

我们看《史记·五帝本纪》中写："顺天地之纪，幽明之占，死生之说，存亡之难，时播百谷草木，淳化鸟兽虫蛾，旁罗日月

诗歌里的神话

星辰水波土石金玉,劳勤心力耳目,节用水火材物。有土德之瑞,故号黄帝。"这不是乱写的文字,是写完了黄帝的功绩,只能以神来称之。

然而他又是中华民族的神,因温和,所以叫作"土德之瑞"。

这就是难解之处,神还有这样的,不像西方的耶和华一样。

他自己也掩盖了许多,若不是《山海经》记载,哪里知道他有那么多神迹呢?《史记》也是尽量敛其笔触,《汉书》在许多方面就更不及了,它成了帝王将相的颂歌。

战争的影响很快就消失了,从此只有自然灾害,不会有什么神灵作乱。

不久颛顼又绝地天通,更加绝了人的念想。

诗歌里的中国

游仙

唐·刘复

税驾倚扶桑①,逍遥望九州。
二老佐轩辕②,移戈戮蚩尤。
功成弃之去,乘龙上天游。
天上见玉皇,寿与天地休。
俯视昆仑宫③,五城十二楼④。
王母何窈眇,玉质清且柔。
扬袂折琼枝,寄我天东头⑤。
相思千万岁,大运浩悠悠⑥。
安用知吾道,日月不能周⑦。
寄音青鸟翼⑧,谢尔碧海流。

刘复,生卒年不详,唐代宗大历时进士。德宗贞元中,官御史,司东都,后官至水部员外郎。其诗肌理细腻,气味恬雅,不类唐人。

诗歌里的神话

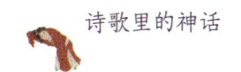

主旨

这是写畅快的游仙之旅,成仙之后的反思。

注释

① 税驾倚扶桑:停车倚在扶桑木上。表示到达了仙境。此句起得轻柔。
② 二老佐轩辕:二老,应该是指后土和炎帝,二人都是黄帝的同盟。
③ 俯视昆仑宫:俯视地上的昆仑宫的样子。昆仑宫是中土神人所居,是天与地的连接点。
④ 五城十二楼:黄帝时建的仙楼。《史记·孝武本纪》:"方士有言'黄帝时为五城十二楼,以候神人于执期,命曰迎年'。"
⑤ 寄我天东头:王母把琼枝寄给扶桑木边的我。此句呼应"税驾倚扶桑"一句。
⑥ 大运浩悠悠:长长的历史啊,什么时候是个终结?中国人称历史为"运"。
⑦ 日月不能周:即便是日月也无法表达这种道的广大。周,总括之意。
⑧ 寄音青鸟翼:寄音在青鸟的翅膀上。青鸟,传说中西王母的使者。

诗里诗外

历史上有很多游仙诗,更多寄托了一种神仙之思。这不是一种惯常的思维,它托神于物外,寄语于玄思,感叹神仙之迹,以做物外之叹。比如李白有一首《古风》（其十九）：

> 西上莲花山，迢迢见明星。
> 素手把芙蓉，虚步蹑太清。
> 霓裳曳广带，飘拂升天行。
> 邀我登云台，高揖卫叔卿。
> 恍恍与之去，驾鸿凌紫冥。
> 俯视洛阳川，茫茫走胡兵。
> 流血涂野草，豺狼尽冠缨。

这并非典型的游仙之作。诗人写了许多情境，以及在仙境中的感受。然而这些情境究竟是不真实的，他俯身看向大地，生灵涂炭，这是多么惨烈的景象。这首游仙诗既写想象又写现实，流露了作者独善兼济的矛盾心理，抒发了忧国忧民的情怀。中国人的游仙始终是一个梦，现实主义太沉重了。

然而也有一种纯粹的游仙诗，比如郭璞的《游仙诗》（其二）：

> 青溪千余仞，中有一道士。
> 云生梁栋间，风出窗户里。
> 借问此何谁，云是鬼谷子。
> 翘迹企颍阳，临河思洗耳。
> 阊阖西南来，潜波涣鳞起。
> 灵妃顾我笑，粲然启玉齿。

诗歌里的神话

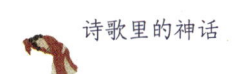

寒修时不存,要之将谁使?

　　这就是一种方外之思了,借托鬼谷子,表达一种出世之情,却求仙无缘的苦恼。这种游仙诗,给人以解脱之感。

黄帝升天

传说 //

黄帝战胜了蚩尤之后,有很多别的传说。历代的道教徒多有附会,有真有假。

比如说仓颉造字,就是黄帝时候的事。史书上说:"仓帝史皇氏名颉,姓侯冈,龙颜侈哆,四目灵光,实有睿德,生而能书。于是穷天地之变,仰观奎星圆曲之势,俯察龟文鸟羽山川,指掌而创文字。"(《春秋元命苞》)这是一个神异的人物,长着一张宽大的龙脸,四只眼睛放出灵光,一生下来就能书写。他考察了天地的变化,看星辰弯弯曲曲的形貌,又看龟壳上的图案,鸟羽的特点,山川的壮丽,根据这些景象,自己就画出了这些文字来。这就是中华文字的起始,尽管有传说的因素,但仓颉造字由来已久,我们就姑且信其真吧!然而这次造字的影响却很大,《淮南子》上说"昔者苍颉作书而天雨粟,鬼夜哭"。这是

诗歌里的神话

很大的一个事件，文字从此成为可记录的，"名"这个东西从此独立了出来，所谓"名可名，非常名"，也就真的实现了。由此，假名以图实的现象也就出现了，这或许就是"鬼夜哭"的缘故。这样一个人间世界，成了庄子说的"文灭质，博溺心"，能不让人伤心吗？可就是这样一个世界，奠定了中国文化的基础，我们的史书没有断绝，就是依托于文字，不也是大功一件吗？

黄帝还到过许多别的地方，比如说著名的崆峒山，向广成子问道。黄帝成为天子的第十九年，听说广成子在崆峒山上，就亲自去拜见，见之曰："我听说您达到至道了，我想知道至道的精华是什么？我想取天地的精华，用来佐农作物生长，养畜人民，我又想协调阴阳，让众生畅茂，这怎样才能达到呢？"广成子很不客气地说："你要问的是物之精华，但你所治理的却是物之残质。你治天下啊，云气还没有集结就下雨了，草木还没有黄就殒落了，连日月都暗淡了下来，大言不惭的人越来越多，你怎么可以讲至道呢？"于是黄帝放弃了天下，别居一所房子，枕白茅而卧，过后三个月，又去见广成子。广成子面向南而卧，黄帝匍匐向前，稽首问道："听说您达到至道了，请问治理生命怎样才能长长久久呢？"广成子终于起来了，对他说："这还问得差不多，我对你说一说至道吧。至道之精华，是窈窈冥冥的；至道之极，则是昏昏默默的。你什么都不要看，什么都不要听，抱神守一，形体就自动回复原位了。一定要清净啊，不要摇动自己的身体，这样才能长生。眼目所看不到的，耳朵所听不到的，心神所想不到的，神守其形，形就能长生。你谨慎地应对你的内心，关闭你的耳目，知道多了就难以得道了。我帮你抵达最光明的境地，直达阳气的根本。我帮你进入那窈冥之门，直达阴气的根本。天地各有主宰，阴阳各有府藏，你谨守

诗歌里的中国

你的形体，万物就自动生长了。所以我活了一千二百多岁，我的形体没有衰败。"黄帝再拜稽首，道："广成子真是天一样的人啊！"广成子接着说："我还是跟你细说说吧！物是无终无极的，人们都以为有个终穷；物是不可测识的，人们都以为可以认知。要是得了我的道，做天做帝都可以；要是失了我的道，也只能死后化为泥土了。万物没有不生于土而返于土的，我还是离开你吧，我进入无穷之门，以游无极之野。我与日月同放光明，我与天地一样恒久。迎我而来，我茫然不知；远我而去，我昏暗不觉。人都死了，只有我还长存啊！"这就是黄帝见广成子的故事。

自那之后，黄帝真的去求道访仙了。他还去见过宁封子，他住的青城山因此被封为"五岳丈人"。传说宁封子曾在黄帝那里做"陶正"，也就是烧陶的官，有一个异人看见宁封，教给他一套神奇的"作火"方法。于是有一天宁封架起火来，跳进火中将自己烧了。他的骨灰葬在宁北山中，所以叫作"宁封子"。这也是后世许多烧炼身体的来源。还有一个人叫马师皇，为黄帝做马医，但他却有治龙的本领，龙都求他医治。有一天他被龙载走飞升上天了。这些都是黄帝时的神奇传说。他确实访问过不少仙人，或者被仙人引导教化过，这才留下了这么多的传说，不全是附会。然而他是一个神奇的人物，天而神，神而人，也就可想而知了。

他还见过素女，这就是后世许多小说附会的东西。素女喜欢弹琴，传说善鼓瑟。那时候的瑟是五十弦的，李商隐所谓"锦瑟无端五十弦"，就是用的此典。黄帝觉得五十弦太过悲伤，故破其弦为二十五弦。他和素女间到底发生过什么？其实问道求仙，许多事都有可能发生，后世附会，也是太小家子气了。

诗歌里的神话

　　有名的《黄帝内经》是怎么一回事呢？也是后世的附会。但黄帝时确实有几个著名的神医：俞跗、雷公、岐伯。俞跗的医术很高明，他可以直透五脏六腑的本原，轻松地完成一个手术。所谓起死回生之能，形容俞跗，是一点都不为过的。雷公和岐伯经常合作行医，二人曾经进行过经脉的讨论。《黄帝内经》中有些观点闻所未闻，应该是得自上古的传承。

　　那黄帝是怎么升天的呢？历来有一个鼎湖升天的传说。黄帝打败蚩尤后，就叫人去开采首山的铜，搬到荆山下去铸鼎，用来镇住蚩尤的灵魂。铸了好长时间，这个鼎终于铸成功了。就在庆功仪式上，天上闪现一条神龙，它从云中探下身来，似乎要迎接黄帝离开。黄帝也知道时候到了，便纵身一跃，翻身入云，现了他的神仙本相。许多人要跟着他走，拼命地抓那条龙的须髯，但摔在地上的也不少。黄帝还是走了，留在地上的百姓抬首而看。其实他只是再回归上界罢了。他在人间完成了他的任务，制人伦，斗蚩尤，行教化，治得东亚一方水土安宁，回到天界，再去做他的神仙。所谓神仙下凡救黎民，应该是这样一种性质。

影响

　　黄帝留下的文化是很丰富的，基本上道家（教）就是从他而来，就好像儒家是从尧舜而来一样，所以后来称道家为"黄老之道"，黄帝就是一个始祖。他简化了许多修道的形式，变得人人可行，生死世界的创造性到达，比如说穿越人神两界，后世道家（教）

◆ 清丁观鹏 《丹书》受戒图 轴（局部）

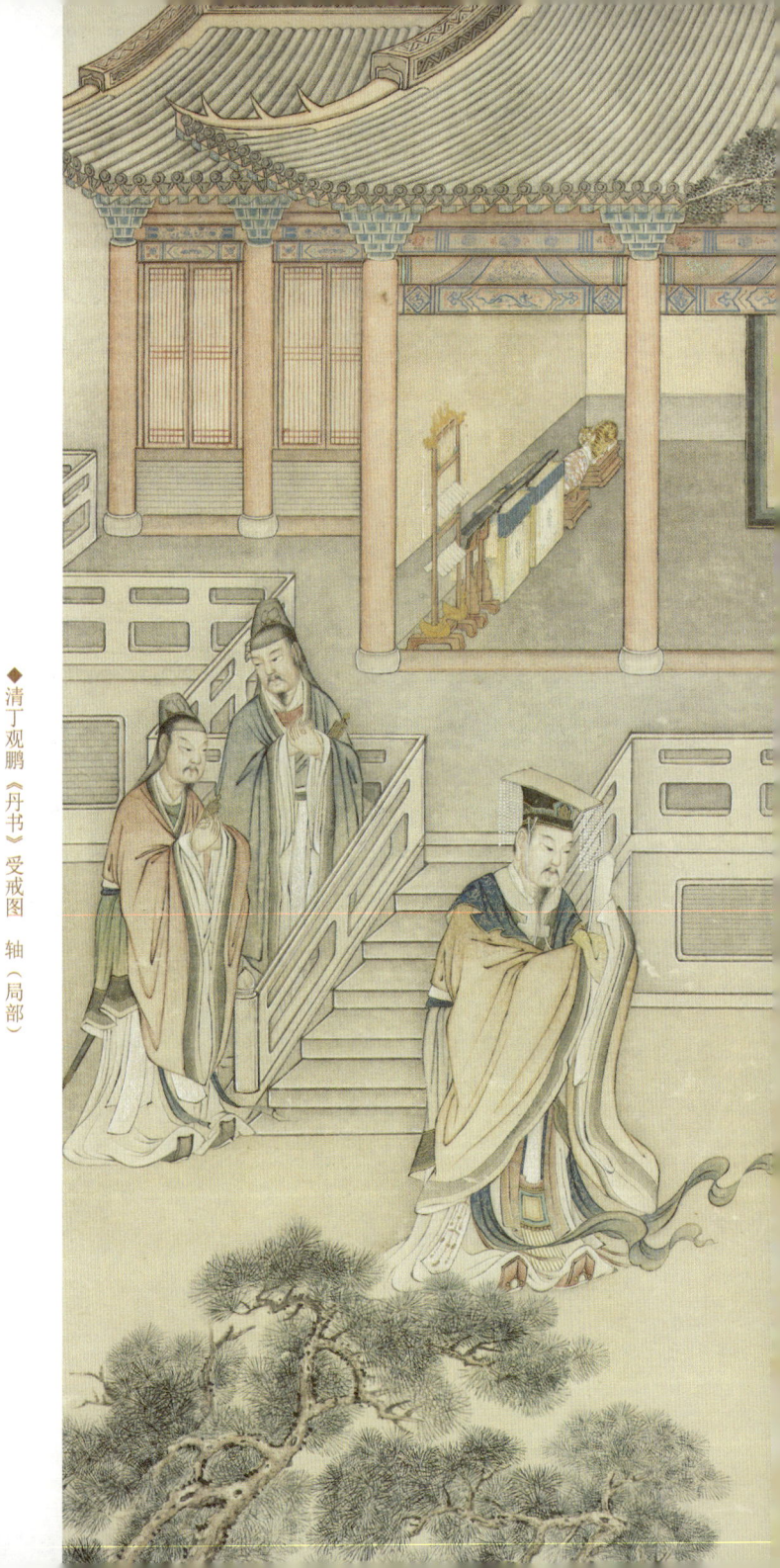

《礼记》记载，周武王即位时，召师尚父问「黄帝颛顼之道还存否？」其答说在《丹书》中，此《丹书》传说是由赤雀所衔，记载上天之道。这幅画即描绘师尚父呈递《丹书》的情景。

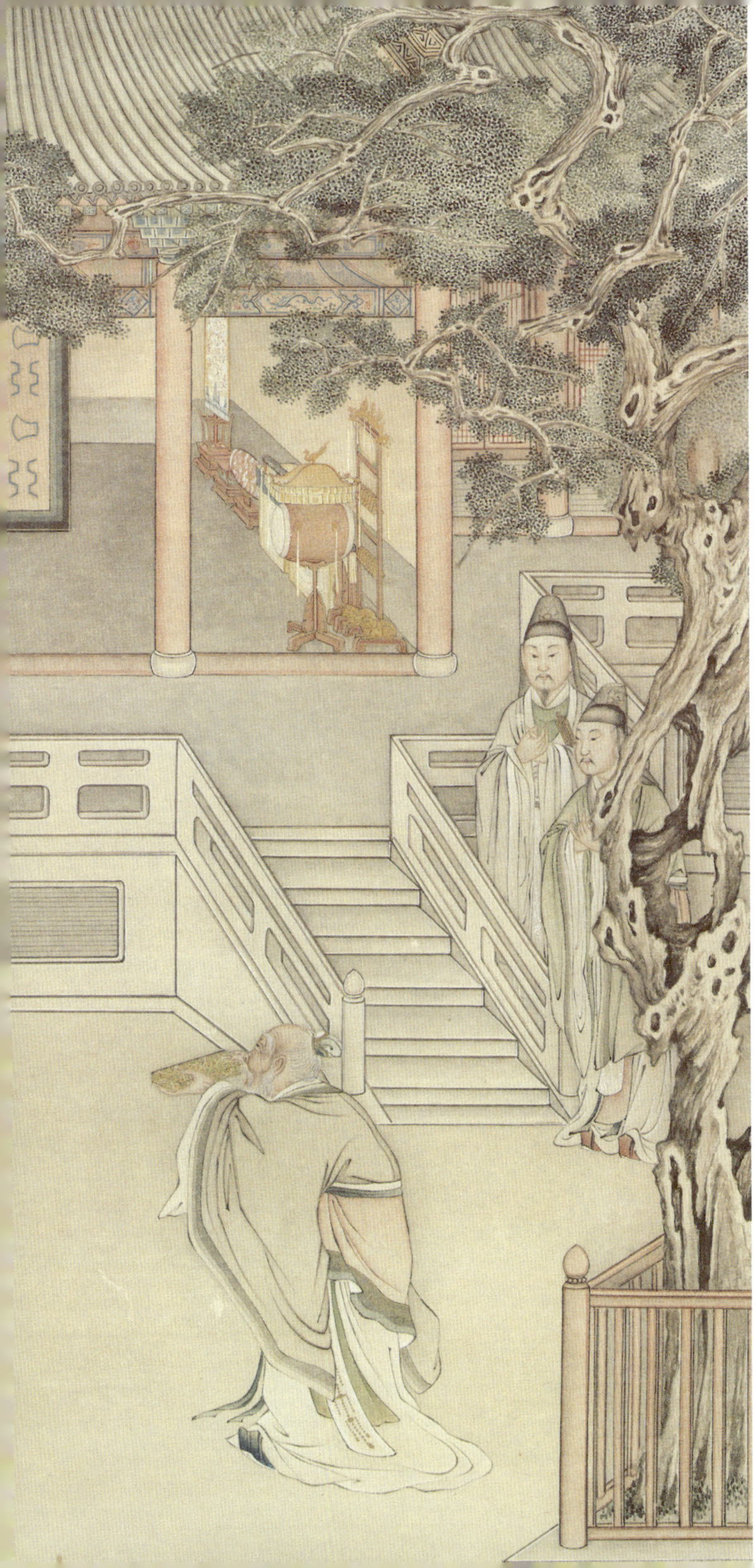

一直模仿着。一些道士的修炼,也无非模仿黄帝而行。这就是他的丰富性。

不过黄帝也造成了很大的麻烦,比如说谶纬文化的盛行,尤其在汉代的泛滥,其实也和黄帝有关。其实那是巫术符咒的应用,是不宜常人使用的,结果泛滥成一种文化,跟黄帝的不谨慎有关。后世道教徒也不戒谶纬,弄得符咒满天飞,不得不说这是黄帝的失误。

《道藏》中有许多不好说是不是黄帝的遗留,或者就是秘传,千年前就由道士们保留下来,或者说传译下来,对于道教来说成为一种立身之本。

但黄帝又成了人文始祖,中华人文的创始者,许多文化只是断续传下来,历史的脉络早已不清晰,便变成传说了。

最终是"道"这个东西立起来,成为一种中国人的共同信仰,它虽然跟老子有关,实际上由黄帝初建。

为什么隔了那么多代才说起老子呢?这是很久远的事啊!周朝末年,老子才出世,才写了《道德经》。那是上古文化的一个总结,并不是初创的。黄帝首创了这个"道",然后由后世道教继承着,或者说人人都传习着,成为中国人的共同信仰,泛化到各种领域。

陕西黄陵县北桥山有黄帝陵,每年都会有大批海外人士回来祭祖,这是民族情感的体现。尽管历尽沧桑,依然不变忠诚。

诗歌里的神话

补乐歌十首·云门

唐·元结

《云门》，轩辕氏之乐歌也，其义盖言云之出，润益万物，如帝之德，无所不施。凡二章，章四句。

玄云溶溶①兮，垂雨濛濛②。
类我圣泽兮，涵濡不穷。
玄云漠漠③兮，含映逾光④。
类我圣德兮，溥被无方。

元结（719—772），字次山，河南鲁山人，天宝十二年进士，参加过讨伐安禄山的战争，任道州刺史、容州都督充本管经略守捉使。诗风朴质通俗，力排绮靡，有《元次山集》。

诗歌里的中国

主旨

此写黄帝之圣德，如云之出，润益万物。

注释

① 玄云溶溶：天上的云，像水流之盛大。玄云，浓云。
② 垂雨濛濛：下着小雨。这是写圣人之润泽。
③ 玄云漠漠：天上的云，密布在空中。
④ 含映逾光：阳光含而不露，显得更加光明。这是写圣泽之润人无类。

诗里诗外

　　云象是一个特殊的象，许多有名的人都喜欢以云自称。云的英文叫cloud，《牛津词典》是这样解释的："a visible mass of condensed watery vapour floating in the atmosphere, typically high above the general level of the ground."你展望云空，看到的就是这个景象呢。古人看到的云是什么样子呢？他们会有什么想象呢？你展开思考，就会发现很多美好的事情都寄托在云上。这是人们习见的一个象，却成了许多诗人吟咏的对象，像"浮云游子意，落日故人情""鸿雁不堪愁里听，云

诗歌里的神话

山况是客中过""纤云弄巧,飞星传恨,银汉迢迢暗度""白云回望合,青霭入看无",等等。这就有许多佳意寄寓在其中,似乎也找不出别的意象,来传达这种迷离的情丝,连地上的人情,也会叫作"水云"。

人们说,人不要云山雾罩的才好,这是说人太迷离,就不太解人情,可见云这个象合物不合人。人若寄意于纤云之中,也就是个高士了,道教把入道叫作入"云山",他们的经典叫作《云笈七签》。他们很喜欢用这个象来表达一些玄妙的味道。这就是中国道教的特色。

云象若是成片,那是什么样子呢?我们现在流行用"云"这个字,来表达一些科技的成果,似乎是"飞"的意思的衍生,它指一切都自动化了,不用人来操心,或者说像一个大数据,体现在云端中,这是人类集成的结果。"云"早就不是"云"了,成了密集的人类场所。

然而你还会抬头看一看白云,尽管可能是人工造出来的。在海边,晴空万里的,若能飘来一朵白云,则是极佳之象。你若是懂得欣赏白云的寓意,那真是人生一大幸事,许多烦恼迎刃而解,这也是道教为什么用"云"来讲话的缘故。这就是一个符咒,上古人就用着的,寓吉祥之意,许多原始人的彩盆上就有,西周鼎器上也有,讲的都是大场面,这也是中华文化的一个特色。

参透这个"云"字,也就参透了道教。

颛顼神迹

传说 //

　　人物，有神话传说中的人，有历史中的人，这是要辨明白的。然而有些人却辨不清，只认为是纯粹的神话人物，比如说颛顼。《史记》上说，颛顼是黄帝的孙子，"静渊以有谋，疏通而知事；养材以任地，载时以象天，依鬼神以制义，治气以教化，絜诚以祭祀。北至于幽陵，南至于交阯，西至于流沙，东至于蟠木。动静之物，大小之神，日月所照，莫不砥属"。颛顼这个人，沉静安稳有计谋，通彻天地，知晓事情。他充分利用地力，种植庄稼，养殖牲畜，推算四时节令以顺应自然，依顺鬼神以制定礼义，理顺四时以教化万民，洁净身心以祭祀鬼神。他向北巡视到幽陵，南边到了交阯，西边至流沙，东边到达蟠木生长的地方。不管动的还是静的，大神还是小神，凡是日月所照的，全都是他统治下的生灵。《史记》只记载了这么多，远不及神话丰富。

诗歌里的神话

其实由此也可以知道，颛顼的祖父黄帝也是一个神人，也是统治天神的。然而他喜欢亲力亲为地做一些事情，并不显什么神迹。但颛顼不是这个样子。他最有名的一件事情，即切开了天地。《国语》中是这样记载的："昭王问于观射父，曰：'《周书》所谓重、黎实使天地不通者，何也？若无然，民将能登天乎？'对曰：'非此之谓也。古者民神不杂。民之精爽不携贰者，而又能齐肃衷正，其智能上下比义，其圣能光远宣朗，其明能光照之，其聪能听彻之，如是则明神降之，在男曰觋，在女曰巫。是使制神之处位次主，而为之牲器时服，而后使先圣之后之有光烈，而能知山川之号、高祖之主、宗庙之事、昭穆之世、齐敬之勤、礼节之仪、威仪之则、容貌之崇、忠信之质、禋洁之服，而敬恭明神者，以为之祝。使名姓之后，能知四时之生、牺牲之物、玉帛之类、采服之仪、彝器之量、次主之度、屏摄之位、坛场之所、上下之神、氏姓之出，而心率旧典者为之宗。于是乎有天地神民类物之官，是谓五官，各司其序，不相乱也。民是以能有忠信，神是以能有明德，民神异业，敬而不渎，故神降之嘉生，民以物享，祸灾不至，求用不匮。及少皞之衰也，九黎乱德，民神杂糅，不可方物。夫人作享，家为巫史，无有要质。民匮于祀，而不知其福。烝享无度，民神同位。民渎齐盟，无有严威。神狎民则，不蠲其为。嘉生不降，无物以享。祸灾荐臻，莫尽其气。颛顼受之，乃命南正重司天以属神，命火正黎司地以属民，使复旧常，无相侵渎，是谓绝地天通。'"

这段记载非常复杂，我们也无法一一细说，那是上古时代的事。那个时候民神杂糅，神灵降于下民，是家常便饭的事，就像古希腊神话中经常出现的景象一样，比如说宙斯又看上哪个姑娘了，化作白牛什么的。神有时候又会干出人的事来，弄得神界颠殒，这才是要整顿神人两界的缘故。由此我们也可见东方的神话跟西方的不太一样，西方就不太介意这些人神杂糅的事，照样让神在人间生子。我们的神似乎很有道德，不太愿意出现这些事。至于为什么出现这种差别，大约是神界分系的缘故，也就是说有些神在乎礼法，有些神根本不在乎。这才形成了东西两大神话体系。自从绝地天通之后，天上的神似乎也消停了许多，不太干涉人类的事，这才有《庄子》里说的"圣人之所以骇天下，神人未尝过而问焉"，就是说世间圣人怎么治世，神人不再管理了。这就跟西方不一样了，他们一直都有"圣灵"的传说。

　　从此也就有了中华的五千年历史。它一直笼罩在一个天子专制统治下，即便是在夏商周，也是家天下的氛围，天子即祭司，这成了一种独特的文化特色。这跟绝地天通有莫大的关系。

　　颛顼的另一件事迹，是与共工争帝位。这件事发生在绝地天通之后。共工大神大约不满意这种状态，加上他是炎帝的后裔，与黄帝后裔颛顼是有仇的。他又是水神，统辖十分之七的陆地面积，所以能够发动大战。他拉了一众神灵，想要颠覆颛顼的统治，其中就有他的两个臣子，一个叫相柳，一个叫浮游。他们和颛顼展开大战。颛顼这边，也有几个鬼神帮忙，他还有几个鬼儿子，其臣禹强也参与了战斗。这场大战打得很激烈，从天上一直打到凡间，就像古希腊神话中的特洛伊战争一样，都是双方参战，各不相让。最后打到一处地方，是西北方的不周山。这不周山本是天柱，绝地天通之后，这是几处剩下的天人相通的地方之一（另外一处是著名的昆仑山）。人们经常沿着不周山，再爬到天庭去。也经常有人跌下山崖，粉身碎骨。人们纪念这座山，以为还能回到从前的日子。多少人盼望着星空，那不周山的山顶，是神人之所居啊！

　　但共工改变了这一切。他一怒之下，将头触向了不周山。我们不知道他的身体有多大,大约也像《西游记》里一样可大可小吧。这一碰不得了,地晃了三晃,墙隙裂开了,山崖崩塌了,不周山倒了!只见山石哗啦啦地往下滚,砸在还在登山的人的头上,他们被砸得纷纷脑浆迸裂,惨不忍睹。人们纷纷往下跳,因为山势已经倾斜了。土层累累下注,淹没下面的村庄。人们不知道发生了什么,纷纷被淹没在土层里。

《淮南子》是这样记载的:"昔者共工与颛顼争为帝,怒而触不周之山,天柱折,地维绝。天倾西北,故日月星辰移焉;地不满东南,故水潦尘埃归焉。"一切都尘埃落定了。从此没有人再补天,天地也就这个样子了。

从此也就再没有颛顼的消息。

《史记》上说,他传位给了他的臣子帝喾。

影响

在上古时代,颛顼似乎比黄帝还要有名,因为他是以真神面目出现的,在传说里依然如此。这就有很多神迹体现。他似乎是一个过渡人物,在此之前,全部都是神的历史,他之后呢?就变成了一种人文感的中华史。哪个史更真实呢?比如说我们相信孔夫子的"子不语怪力乱神",那是相当保守的程度,我们是相信后者的。但我们要注意到,孔子只是不"说",因为太难"说",而不是"子绝怪力乱神",如果超出这种经验范围之外,他就不再论及了,于是他保留了相当大程度的神秘性。孔子经常向天默祷,除了颜回,没有人知道他在祈祷什么,一定是向人难以言传的东

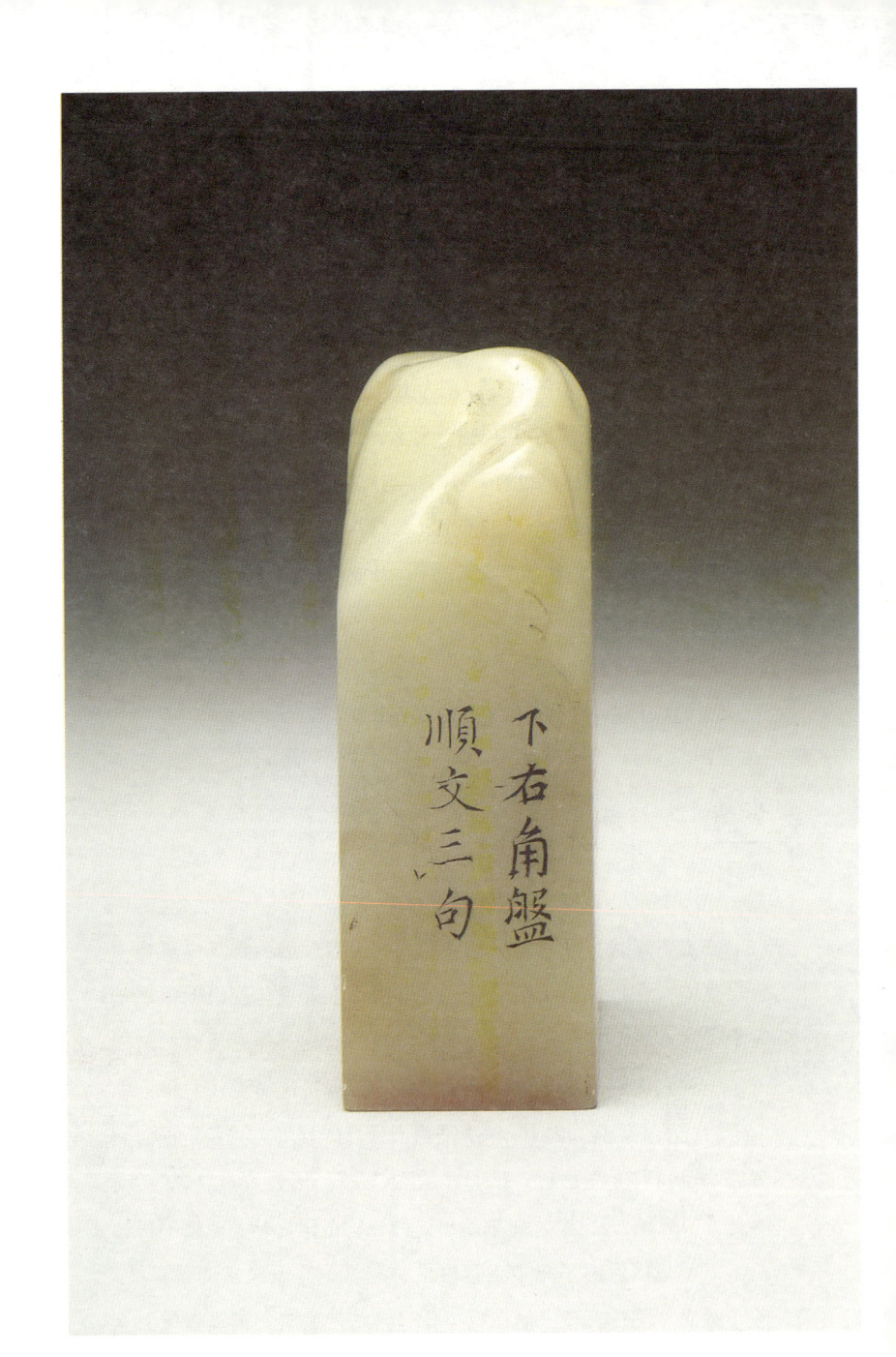

◆清寿山石"璇玑仙藻"套印（下册）

寿山石章，印面正方，色白。

科斗書源出
古文或云頡
頊所製

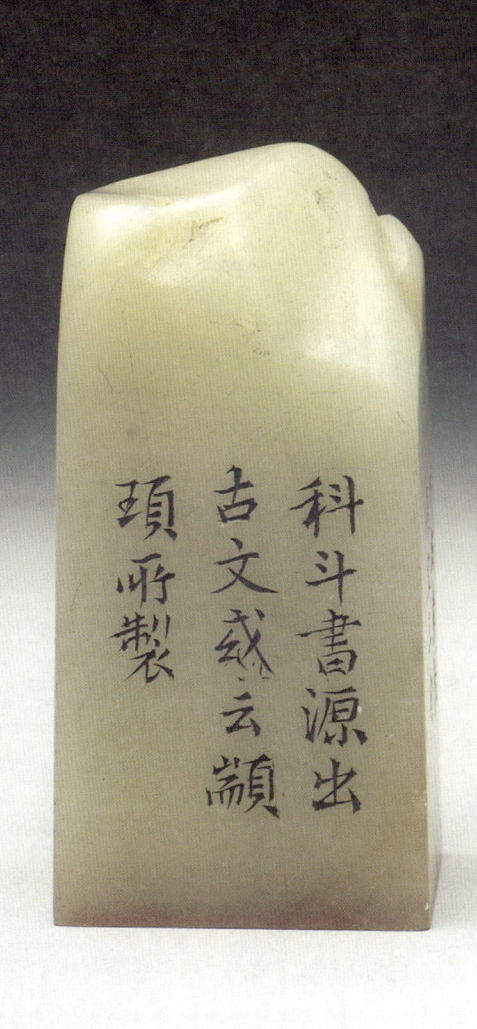

◆清寿山石"璇玑仙藻"套印（下册）

印面采颉颃所创"科斗书"。

西，而不是什么哲学思辨。这样，他也是一个神秘宗师，比如颛顼这样的人物，他又该如何评价呢？整部《论语》不见他评价黄帝、颛顼，只提及了尧、禹，这也是"子不语怪力乱神"的一证吧。

评价神是很难的事，但颛顼大神造成的文化影响是可以说说的。自从颛顼绝地天通之后，这世界分成了两大文化体系，一个是东方的，一个是西方的，我们说的东西冲突是从这开始的。如果它还保留一个天地的通道，比如像基督文化展现的那样，我们势必是有文化冲突的。当它来的时候，我们会感觉到很陌生，只有佛教可以解释一下，这就是晚清章太炎诸人想用佛教来救国的缘故，以后终究没有成势，估计还是绝地天通影响太大的缘故。西人的种种神秘事迹，也来了一个"子不语"，或者说"悄悄语"，就像民间小报一样。有时候道教出来打打圆场，但这依然是在民

诗歌里的神话

间进行的,比如风靡全国的修仙热,也不知是真是假。但它也确实接通了这个道,让人看见天地之一脉,比如说你出了"六合之外",会看见什么。求仙之道,无论是否为玩笑话,都成了一种象征意义上的"复天地通"。

如果从显性的意义上说,颛顼大神让皇权(或者说"天子之权")成了一个独立的东西。由于祭司成了一个依附性的职业,或者说天子本身就成了大祭司,神人的分隔其实也就不存在了,皮之不存,毛将焉附?神人的两隔,只在宗教实践中存在。这就形成了一个奇特的景象,天子本身成了神!这就是中国文化的特色。因为皇帝是要祭天的,而不是由大祭司代行。这样一来,理想地说,皇帝也只是一个天的代言人而已,政务应该是由宰相处理的。但事实上也不是这样,尤其到了后来,宰相之职简直废置,这就造成人文秩序的失衡。皇帝、宰相分职,一直是儒家的理想,但由于这是一个很难切开的口子,实践中往往不是弱君被僭,就是强君代理一切。而祭天是要独立的,儒生都知道这个常识,但作为天子,还管着人伦呢,所以也就天子神人不分了。一身兼两职是很累的,皇帝往往短寿,是不是跟这种负荷过重有关?

但颛顼还是使中华成为一个独立的文明,尽管有它的缺陷,但操作上还是可以弥补的,修修补补了几千年,在东亚大地灿烂开花。直到今天,在日本仍能见到一丝影子,他们的天皇仍然有祭司的味道,登基成礼,依然隆重。所谓天皇,依然是神道教的最高执行人。

而中国自从走入现代之后,已经没有这种情况了,祭天不祭天,已经纯粹成了个人的事,或者说是一种宗教礼仪。这是一种历史进步。

诗歌里的中国

五茎

唐·元结

《五茎》,颛顼氏之乐歌也。其义盖称颛顼得五德之根茎。凡一章,章八句。

植植万物①兮,滔滔根茎②。
五德涵柔兮,飒飒而生③。
其生如何兮釉釉④,
天下皆自我君兮化成⑤。

元结(719—772),字次山,河南鲁山人,天宝十二年进士,参加过讨伐安禄山的战争,任道州刺史、容州都督充本管经略守捉使。诗风朴质通俗,力排绮靡,有《元次山集》。

诗歌里的神话

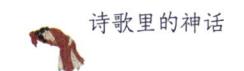

主旨

此诗颂颛顼之德,颛顼开辟了很多东西。

注释

① 植植万物:栽种各种各样的东西。

② 滔滔根茎:万物的根茎都交错盘连、茁壮成长。

③ 汎汎而生:"汎"与"泛"同。根茎盘连的万物,在水德的柔抚下,到处广泛地生长着。

④ 秞秞:禾苗茂盛的样子。

⑤ 天下皆自我君兮化成:没有人不从颛顼这得到仁德的。

诗里诗外

颛顼到底留下多少德政?人都说尧舜开天辟地,却都忘了颛顼的祖述之功。大约由于颛顼是神吧,不够亲切,所以儒家也不太提他的名字,如果不是观射父讲一下,谁知道颛顼有开天辟地的功劳呢?对于偶像的喜欢,中心要诚,这是祭祀的要求,这种要求很多人就做不到,还提什么颛顼祭天地呢?此关过不去,也就参不透中华文化了。

诗歌里的中国

这个大神还在不在？过了这么多年，可能早就逝去了吧，也就是说到了另一个空间。神坛的祭牌还在不在？但很少见过祭颛顼的吧，大约南方民族有。

神坛上不能没有人，然而也不是皇帝，只能是人文始祖。我想这是他们今天的意义。

尧授天下

传说 //

尧舜授受是中国历史上的一个大事件,它与儒家的诞生联系密切。《论语·尧曰》云:"尧曰:'咨!尔舜!天之历数在尔躬,允执其中。四海困穷,天禄永终。'舜亦以命禹。"这就是一个政治传承,是政治合法性的交替。

帝尧是怎么继位的呢?《史记》上说他是帝挚的弟弟,而帝挚又是帝喾的儿子,"帝挚立,不善,而弟放勋立,是为帝尧"。他也是隔族继承的,我们也不知道帝尧是不是帝喾的儿子,也许是同母不同父,所以说不能叫他王子。尧像太阳一样温暖人心,使民间同族九代人相亲相爱,百官政绩昭著。这就是儒家推崇的圣王,后世的君主都要以此为榜样,这便是儒家的理想。他还有些地方跟黄帝很相似,很注重历法,日月的出没、星辰的位次,尧都作为依据。朱雀七宿中的星宿初昏时出现在正南方,尧据此来确定春分之日。他命令羲叔住在南交,按照步骤,安排夏季的农活。夏至日,白昼最长,苍龙七宿中的心宿(又称大火)初昏时出现在正南方,尧据此来确定夏至之日。秋分日,玄武七宿中的虚宿初昏时出现在正南方,据此来确定仲秋之时。他又命令和叔住在北方,那地方叫幽都,这样可认真安排好冬季的收藏。这些大概就是他制定的历法。

尧最有名的一件事就是安排了舜继承天子之位。那时候还没有子承父业的世袭制。尧的儿子丹朱不贤,因此尧没有传位给他。尧选择了舜是一个很偶然的机遇。《史记》上说,有一天他对群臣说:"唉!四岳啊,我做天子已经七十年了,你们中间有谁能顺应天命,继承我的帝位呢?"四岳回答:"我们这些人的德行鄙陋,哪里敢贪天位啊!"尧便说:"那你们能不能从各种同异姓、远近的大臣,还有隐居在民间的人中选举呢?"大家都对尧说:"在民间,有一个单身汉,叫虞舜,这个人或许可以。"尧说:"这个人我是听说过的,但他具体怎么样呢?"四岳答道:"他是一个盲人的儿子。父亲是愚昧的,继母是顽固的,弟弟是傲慢的,然而他却能与他们和睦相处,孝顺父母,敬爱兄弟,把家管理得很好,让他们不至于走入太邪僻的道路。"舜说:"那我可以试一试他。"于是尧就把自己的两个女儿嫁给舜,让女儿观察他的德行。舜让她们屈尊降贵,住在妫河边的家中,一定要谨守为妇之道。尧十分满意,便让舜试行司徒之职,处理民间父义、母慈、兄友、弟恭、子孝的伦理关系,恭谨于孝道,让人民遵从不违。尧让舜参与治理百官之事,百官之事因此变得有条不紊。尧让舜在明堂四门接待宾客,四门变得处处和睦了,从远方来的诸侯宾客十分恭谨。尧又派舜进入山野丛林、大川草泽,就是遇上暴风雷雨,舜也没有迷过路。尧认为

诗歌里的神话

舜十分聪明,且有德行,便对他说:"这三年以来,你处事周密,说的话能够做到。你登上天子之位吧。"舜说自己德行还不够,不愿意接受这个任命。但在正月初一,舜便开始代行天子之政,在文祖庙(尧的祖庙)接受了尧的禅让。

这个时候,尧已经老了,让舜代行天子之事,同时仍然在观察,舜做天子是否符合天意。舜通过观测北斗星所处的位置,考察日、月及金、木、水、火、土五星的运行是否有异常。他举行临时祭告,在火上燃烧祭品,以此祭祀天地四时。他遥祭域内名山大川,遍祭群神。他收集公侯伯子男五爵所执的桓圭、信圭、躬圭、谷璧、蒲璧五种玉制符信,择良辰吉日,召见四岳和各州州牧,将玉信颁发给他们。二月,他到东方去巡视,到泰山时,以烧柴来祭祀东岳,遥祭各地名山大川。接着他召见东方各位诸侯,协调校正四时之节气、月的大小、日之甲乙,统一音律和度量衡,修明吉、凶、宾、军、嘉五种礼仪,规定诸侯用五种圭璧、三种彩缯,卿大夫用羊羔、大雁,士用死雉,作为朝见时的礼物,五种圭璧,朝礼完成之后,仍旧还给诸侯。五月,舜到南方去巡视;八月,到西方巡视;十一月,到北方巡视,都像一开始到东方巡视时一样。舜归来后,告祭祖庙和父庙,以牛作祭品。五年巡视一次,其间,各诸侯国国君按时来京师朝见。舜向诸侯广泛陈述治国之道,根据诸侯的业绩,明确进行考察,根据诸侯的功劳,赐予其车马衣服。舜将天下划分为十二州,疏浚天下的河道。他规定须根据正常的刑罚来执法,用流放的方法,宽减刺字、割鼻、断足、阉割、杀头五种刑罚,官府里用鞭子施刑,学府里用戒尺惩罚,罚可用黄金赎罪。因灾害造成过失的,可以赦免;怙恶不悛的,要施以刑罚。

驩兜推举过共工,尧认为"不可以",但驩兜还是任共工为工师,共工果然放纵邪僻。四岳推举鲧去治理洪水,尧也说"不可以",四岳一定要试试,结果果然没有成效,百官都以为不适宜了。三苗在江淮及荆州一带多次为乱,这时舜巡视回朝,向尧报告,请求把共工流放至幽陵,顺便去改变北狄的风俗;把驩兜流放至崇山,顺便去改变南蛮的风俗;把三苗迁徙至三危山,以此改变西戎的风俗;把鲧流放至羽山,以此改变东夷的风俗。惩办了这四个罪人,天下都悦服了。尧在帝位七十年而等到舜,又过了二十年,尧年老而告退,让舜代行天子之务,向上天荐举。尧禅让帝位二十八年后去世,百姓悲痛万分。三年里,四海之内无人奏乐,以此悼念帝尧。尧知道自己的儿子丹朱不贤,不配接受天下,把天下让给舜。尧说:"我终究不能让天下都受害,只让一人得利啊!"尧去世之后,经过三年服丧,舜把帝位让给丹朱,自己躲到了南河南岸。朝觐的诸侯不到丹朱那却到舜这儿,打官司的不到丹朱那儿而来找舜,歌颂功德的,不歌颂丹朱而歌颂舜。舜只好说:"这是天意啊!"便来到京都,登上天子之位,此为帝舜。这就是尧舜授受的全过程。

影响

尧舜授受,这种政治风险也挺大的,若是舜并非贤人,那造成的后果不堪设想。好在政治才能是没法装的,尧还算选择了一个正确的人。但后世就不是这个样子了,都知道这是一条捷径,于是许多人装成孝子贤孙,以图进身,这在中国历史上是很多的,早失了举贤的本意。

诗歌里的神话

然而"人之初，性本善"这种政治德育的教化，从此算是确定了下来。这是儒家的一个根本原则，或者说由孟子发扬下来，作为一种仁道政治的根本。它根本没有给恶留下余地，一切都归到善里面。人性是复杂的，谁又能保证所做的全都是善举呢？倘若稍有越矩之动呢？比如说要改革，它就会问这是"经"还是"权"，儒家的束缚常常就在此。这就是造成政治僵化的缘故，改革家都犯难。因此最好是在革故鼎新时，始创者把一切都奠定好了，这样就好办了，但也只有这一次例外，其他照章办事，王安石、张居正都陷入过这个困境，这也是尧当时没有想到的。所谓"为之斗斛以量之，则并与斗斛而窃之"，道家一直在批判这种现象，也是有道理的。

但不管怎么样，天下是传下来了。这个时候血亲政治的氛围已经很浓厚了，也许正是因为这个缘故，尧才选择了舜做接班人。这个其实是很残酷的，经过几番试验，舜才登上了天子之位，这是接受天子之位最难的一次了。舜也就成了人伦鼻祖，从此"孝"字打着他的旗号，带着悲情感，在中华大地流传下去。

诗歌里的中国

闻长安庚子岁事

唐·徐夤

羽檄交驰触冕旒①,函关飞入铁兜鍪②。
皇王去国未为恨,寰海失君方是忧③。
五色大云凝蜀郡④,几般妖气扑神州。
唐尧纵禅乾坤位⑤,不是重华莫谩求。

徐夤,生卒年不详,字昭梦,晚唐福建莆田人。登乾宁进士第,授秘书省正字,唐亡,后归隐延寿溪。有《探龙》《钓矶》二集。

诗歌里的神话

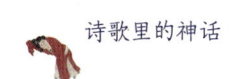

主旨

这是写唐僖宗入蜀事,诗人担心唐朝国运终结。

注释

① 触冕旒:冕旒,古代最尊贵的一种礼帽,天子所戴。这里指皇权受侵凌。
② 铁兜鍪:兜鍪(móu),古代战士的头盔。这里指兵入长安。
③ 寰海失君方是忧:这里指唐朝皇帝去蜀不算什么事,国运倾覆了方是大忧。
④ 凝蜀郡:指僖宗入蜀事。880年(庚子年),朝廷答应封黄巢为天平节度使,但已经晚了,十二月五日,黄巢大军攻破长安,僖宗在田令孜的簇拥下,走汉中,逃到四川。
⑤ 乾坤位:指帝位。当时全国欲篡唐自立者很多,徐夤担心僖宗乱传帝位。

诗里诗外

时空走到晚唐的时候,就出现了一片奇异之色。我们从李商隐的诗中可以看出,即便他不写苍生,只叙心怀,依旧能铺陈出极艳丽的伤感之色,这就是奇迹中的绽放,然而已近黄昏了,仿佛一个时代的终结,也不仅仅是唐而已。

诗歌里的中国

温庭筠的《杨柳枝》:"御柳如丝映九重,凤凰窗映绣芙蓉。景阳楼畔千条路,一面新妆待晓风。"这是咏柳之作,还是一派明媚的景象。晚唐也不仅仅都是战乱,因为夕阳西下,已是铁定的事实了,盛世的远去,更是不可挽回的事。至于帝位的禅让,其实是无足轻重的事。唐朝天子不是容易被废立吗?何况臣子。即便如杜牧那样,有兵戎气,也依然是杜郎俊赏,二十四桥风韵。在有限的时代里,写出无尽的诗篇,大唐王朝也就这样了。《长安三万里》表现出了多维度的唐朝。那种山川纵越,飞向太空,即便到了晚唐,也仍然珍视着华丽的余味。那是不可多得的历史珍藏,或者说只有这一处地方,可做现代的栖息之处。

舜的悲剧家庭

传说 //

　　舜出生在一个悲剧的家庭里。他父亲叫瞽叟，"瞽"可能是他的一个特征，就是说双眼瞎了，或还有另一种寓意，即"心盲"之意，总之是看不见许多东西。舜的父亲的原配死得很早，留下了一个独子"舜"。他又娶了一个妻子——其实不知道他为什么又能娶一个妻子——脾气十分暴躁，心胸狭窄，生下了一个儿子"象"。据说象可能真是一头象，上古人神杂处，许多事情也是出人意料的。舜就生活在这样一个家庭里，饱受继母的虐待，弟弟象也是蛮不讲理，舜甚至要看象的脸色行事。有时候象高兴了，舜也能高兴一会儿。要是象不开心，那舜就要受虐待了。据说舜还有一个妹妹，也是继母生的，《路史》上记载了，她有点同情舜的遭遇，还是一个有良心的人。有时候舜对她也不错，因为这是其唯一的精神寄托。

据说舜的眼睛有两个瞳子，这是圣人之象。他家庭遭遇如此，又依然能够克勤克俭，不闹出事情来，于是便得到了尧的注意。"这样的人得培养起来。"尧想，"我想让他当天子呢！"于是，尧把两个女儿嫁给了舜，即传说中的娥皇与女英。他让两个女儿降低身份，勿当自己是天子的女儿，小心侍奉公婆。她们就跟随舜住在妫水的家中，完全是一副好媳妇的做派，对待象也很不错。但舜这样的待遇在这个家庭中却引起了风波，毕竟平地起高楼，舜贵起来了，成了天子的女婿，他的父母怎么能受得了呢？尤其是舜作为不受待见的孽子，家中不受欢迎的人，骤然间身登龙门，象更是气得咬牙切齿，他的地位降低了，尤其垂涎两个漂亮的嫂嫂，时常想据为己有。在那个时候，哥哥死了，其妻子是可以由弟弟占据的。于是象整日谋划着陷害舜，却发愁找不到机会。

但舜却依旧过他的日子，并没有因为富贵而嚣张，况且尧只是试他一试。若是试验不成，舜的前途也就毁了，被天子看上的人，不升则死。所以他每天也是战战兢兢的。其实舜没有那么大的志向，《孟子》里说他"视弃天下犹弃敝屣也"。但他又很担心自己的前途，害怕眼前拥有的都是昙花一现。这就是他的两难。

他还是谨慎地处理好跟两个妻子的关系。两个妻子倒是待他很好，觉得没有嫁错人。他也怕象会打扰他的清静，因为有了妻子，虽说不一定长久，但毕竟是人间之福。他不是不知道象的谋划，若自己的地位一直上不去，不更成为弟弟的眼中钉肉中刺吗？他也不好表现自己

诗歌里的神话

与妻子的恩爱，在象面前，只说自己无福消受这两个贵女。

然而痛苦还是接踵而至，舜的隐忍并不能换来和平。即便是小妹妹，也有些妒忌他的幸福，只是不参与对他的谋害罢了。还是走到了那一天。那一天象对他说："哥，爹叫你明天来修一下谷仓。"他不知道这是个祸事，但两个妻子早已经察觉了。"明天我去修一下谷仓。"舜对两个妻子说。"不要去呀，他们打算在底下放火烧死你。"两个妻子说。他大吃一惊。"那我能说不去吗？父亲交代的事……"他已决定赴死了。两个妻子不会让他去死，对他说："你换一件衣服，这件衣服可以保你平安。"她们给了舜一件鸟形彩纹的衣服，让他穿在里面。

第二天舜来到谷仓边，谷仓很高，也已经很破旧了。舜登上谷仓，他不相信会发生什么，还抱着一丝幻想：这只是两个夫人的猜测吧。哪有父亲亲手害死自己儿子的呢？但他还是想错了，只见底下的那些人面无表情地将火把往柴草上放，看起来自然又熟练，好像已经练习过多次了。他呆呆地站在上面，仿佛一个弃儿。

火燃烧起来了，梯子也被拿走了。就在这时，舜身上的衣服起了作用，舜像一只鸟飞了起来，最后又轻轻地落下，这让在场的人目瞪口呆，尤其是象，更是恨得咬牙切齿。

然而舜的厄运还没有结束。有一天象对他说："哥，爹让你明天淘一淘井。"说完就走了。他们隐隐猜测舜有神人庇护，但也不肯放弃他们的奸谋。舜知晓一切，心中悲痛万分，他如今只想苟且求存，却连这样一个小小的愿望都无法实现，他不敢相信亲情可以如此淡薄。"大不了我到尧那里去随便谋一个官职，这个家我确实不想再待了。"他沮丧地对妻子说道。妻子劝他再忍忍，告诉舜这是他一生的劫数，也是尧对他的试验。他知道这又是一个劫数，流着泪对两个妻子说："这一次我该怎么逃脱呢?"于是,两个妻子又给他缝制了一件龙纹彩衣。

他们用绳子将舜放到了井下。刚到井底,绳子就被割断了,石头倾倒了下来。舜瞬间痛苦万分,只想一死了之。这时,他的衣服起了作用,他变成一条游龙钻了出来。

此时家里正在大肆庆祝。象终于大笑道:"主意是我出的!牛羊给爹妈,田产给爹妈,我要琴、弓和两个嫂嫂。"

正在这时,舜悄悄地走了进来。家人不知道他是人是鬼,惊吓了好一阵子。象正在抚琴,看到舜进来,很不自然地说:"哥,我正在想念你呢,很忧烦啊!"舜道:"是啊,我也在思念你。"其实这时舜已经释然了。他也不知道是一种什么心态,谈不上忧,谈不上喜,只知道自己已经成德,可以做天子了。

最后,舜终于通过了试验,做了天子。他把象流放到很远的地方,但还是封了他职位。他对父亲仍旧恭顺,然而谈不上有感情。继母得到了很好的赡养,小妹也嫁了贵婿。

舜只对两个妻子感恩戴德,终身爱慕。

然后诸侯山呼万岁:舜是有德之人,他就是大舜之王。

舜活在一种空境中,对这些也漠然。孟子说他"视弃天下犹弃敝屣也",其实是指这个。

舜后来死在南巡的途中。两个妻子听到死讯后,一意去追赶,投湘水而死,化为神灵。

诗歌里的神话

影响

  这个故事其实流传很广，是很残酷的家庭伦理悲剧。人们不知道舜是怎么忍耐这么久的，或者说他有什么神奇的法术，避免了灾祸。但他实在开了一个不好的头，让中国的孝道笼上了一层阴影。从此之后，很残酷的现象就出现了——"君要臣死，臣不得不死，父要子亡，子不得不亡。"

  我们不好说是不是舜的灵魂在作怪，中国人对父母，始终有一些疏离，不如对子女那般尽心尽力。如《二十四孝》的"戏彩娱亲"之类，便是典型。

  孟子说："大孝终身慕父母。"这是以舜为张本的。他也只是借舜来说话，没有设身处地为舜想过。然后推出德政，天下就治理了。历史中有一个舜的孤清的身影。他就像负了耶稣的十字架，使得中国逐渐变成了一个孝悌主义的国家。

诗歌里的中国

太平乐词二首

唐·白居易

岁丰仍节俭，时泰更销兵。
圣念长如此①，何忧不太平。

湛露浮尧酒②，薰风起舜歌③。
愿同尧舜意，所乐在人和④。

白居易（772—846），字乐天，号香山居士，贞元进士，以刑部尚书致仕。工诗，唐代伟大的现实主义诗人，作品平易近人，老妪能解。与元稹同为新乐府运动的倡导者，世称"元白"。著有《白氏长庆集》。

诗歌里的神话

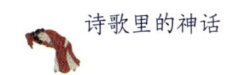

主旨

这是共忧太平之意,皇帝若能如此,何求不长乐!

注释

① 圣念长如此:皇帝如能长期如此想的话。
② 湛露浮尧酒:《湛露》,《小雅》篇名,其中有"厌厌夜饮,不醉无归""岂弟君子,莫不令仪"的诗句。这是对和乐的赞美。
③ 薰风起舜歌:传说舜有《南风歌》,其辞云:"南风之薰兮,可以解吾民之愠兮。南风之时兮,可以阜吾民之财兮。"这是写民德的丰厚。
④ 所乐在人和:还是要维持和乐啊!

诗里诗外

我们见过多少个和平盛世?即便是如尧舜时代,自然灾害也是不断的。著名的大唐盛世,开元是29年,天宝也就13年,第14年就安史之乱了。康乾盛世呢?时间倒是长了,却也是一片黑暗。其他的盛世就不用再说。这都是有迹可查的。或者说稍次一点,如宋仁宗的统治,也可以说是盛世,据此还拍了《清平乐》,人民乐意见到这种景象,这反映了人们对美好生活的向往。环境造就人,太平时代的人才往往是平庸的,只能作点承平之诗,或者叙一下忧闷,表达不得其主的哀思。然而人人不愿思及以后,到政途败坏,其实也就是顷刻之间,所谓梦醒了,于是诗人之思活跃起来,"江山不幸诗人幸"就出现了,一治一乱的循环也就开始了。在整个封建社会,中国人早就习惯了这种东西,所谓人间也无非这样。但不管怎么样,日子还要过,而苦日子居多。中国人就这样过来的。

　　人们盼望延长盛世,让梦做得久一点,但现实往往很快袭来。如杜甫笔下的安史之乱,长安城再没有开元年间那种醉人的春色了,满目所及只有一种荒残之景。面对这种景象,人有着说不出的幻灭感。黄鹤楼不再是黄鹤楼,扬州桥凋残一片。诗人最怕见此,因为早已经预料到。最好是生得早一点,像李颀、贺知章,就在盛世中逝去,这就是完满的人生了,千古同慨。

第二辑

寓言传说神话

愚公移山

寓言 //

　　道家不太讲究人间的智慧，然而却说"圣智"不可靠，那它到底追求什么呢？我们都知道愚公移山的故事，它基本上是在道家的背景下讲的，这让这个寓言有许多卓异的色彩。

　　上古时候天地还是很不安全的，有许多奇山异水阻挡人们的道路，蜿蜒曲折，走也走不到尽头。有时候会从天而降一座大山来，或者山溪阻路，仿佛鬼打墙似的。北山愚公就生长在这个环境中。他家门前有两座大山，太行跟王屋，仿佛突然之间横在他那里似的，因此出入都很不便，必须要绕好几十里的弯路，走一些山径。愚公活了九十岁了，有一天他想，下辈子不能再这样了，我一生都耗在这两座山上了，不能让子孙也遭这份罪。于是他打定了主意，想发动全家，一起把这两座山挖走。有一天他开了个家庭会议，道："你们看我也老了，我还有一件遗愿未完成。我想把这两座山挖走，你们就方便多了。我知道这很难，但你们坚持下去，不怕没有山移的一天。"子孙们面面相觑，不知道他在说什么。愚公又补充道："你们没有听错，我是下定决心了。除非我们搬走。我们世世代代生活在这个地方，搬又能搬到哪去呢？不如大家齐心协力，把山给挖去，大家岂不是方便些？"大家仍然觉得这是天方夜谭。也有人提出质疑："就算我们能挖得开，那些土放在什么地方呢？"一些子孙道："倒到渤海里吧。"这下计议已定，愚公便发动全家人，开始了这项庞大的计划。邻居有一个京城氏的寡妇，她有一个儿子，刚到换牙齿的年龄，也跑跑跳跳地过来帮忙。大家干得热火朝天，实际上大山根本没有动过一点。那些担土的，来往渤海都要半年的工夫。

河曲有一个很聪明的人叫智叟，看见这些人忙忙碌碌的，觉得十分可笑，对愚公说："哎呀呀，你真是太笨了，这怎么可能搬得动呢？你都一把年纪了。"愚公哂笑了一下，对他说："你这个人的心啊，实在是太顽固。我是老了，但我还有儿子，儿子亦有儿子，但山不会增高一分，这样搬下去，子子孙孙无穷尽也，怎么担心山会搬不走呢？"河曲智叟无言以对。有一个操蛇之神看见了，大吃一惊，觉得这样搬会惊动神灵，便上天去向天帝禀告。天帝却被愚公的诚心感动，于是他命令夸娥氏的两个儿子，将这两座大山搬走，一座放在朔东，一座放在雍南。所谓夸娥氏，八成就是"夸父氏"的变音。

这就是愚公移山的故事。

诗歌里的神话

影响

　　这个故事流传得很广，连毛主席也引用过，用来比喻共产党人的不屈不挠的精神。有时候一些办法看似笨，却也是一条巧径。你看愚公说的话，除非山会增高，那我必将胜利。他不知道西西弗斯的神话，山真的会增高不已。倘若他知道了这一层，他还会这样动真气来移山吗？这确实会难倒他。这也可见神话的淳朴。如果他是英雄呢？一定要赋予他一个不可能完成的任务，如夸父，或者说吴刚。这就是说，神话是看人的，你有什么相，它就赋予什么样的对象，或者是悲剧，或者是喜剧，比如说精卫是填海的，夸父就一定是追日的，你不能让二者倒着来，这就是神话。

　　这样一个神话，给人以希望，不让人看到悲哀，实际上本身是一个悲剧。它是奋起中的绝叫：天地啊，你叫我怎么活啊？我已经被折腾得不成样子了，我的子孙还要继续下去吗？有点像《东归英雄传》的风格，土尔扈特人誓死也要离开俄罗斯人的势力范围。愚公的子孙们也谱写了一曲曲哀歌：山石不会崩塌吗？人不会被砸死吗？那些去渤海的，一去半年不返，家里人会怎么想呢？这就是不可能完成的任务。天帝也不是一开始就决定将山搬走，定是看到了许多苦难，为了防止再作孽，这才动了恻隐之心。天神将山搬走的善举，使得神话不再仅以悲剧作为结尾，算是开了神话的先例。

　　但东方人有不同的看法，他们认为，正是愚公看似悲剧性的举动，感动了上苍，此之谓大智若愚。然而如果你存有巧利之心，希望有一天上苍能开眼，那就只能是悲剧了。

实际上，愚公是站在一个大的时空观来看的，庄子谓之"大年"。他看的是子子孙孙，而不是一世的成果。河曲智叟就不一样，所以说怎么可能一辈子就做完这样的事情呢？由此也可见两人智慧上的差异，智者不智，愚者亦不愚，虽然这种智是悲剧性的。

所谓功在千秋的事业，有几人真实去干？大都是急就章。这就是缺乏一种远见，及己身而殁矣！

然而许多人会说，及己身而殁，不亦常态乎？为什么要追求那么广的效果呢？这岂不像《庄子》里的蜩与学鸠吗？嘲笑大鹏往千里，因此它们看不到大鹏世界的广大。

这就是愚公移山神话的道家意蕴，也是司马迁推崇的东西，他说人固有一死，或重于泰山，或轻于鸿毛，这是放大了生死的边界，把生死的界限拓宽了。这就是伟大的浪漫主义精神，为中国文学所传承的。

愚公移山这个寓言故事，实际上传达出许多精神，比如说不屈不挠，脚踏实地，目光长远。这是给普通人的一点启示。往大的方面说，一个国家，若没有这种精神，也不可能做成什么大事业。

诗歌里的神话

封丘作

唐·高适

州县才难适①,云山道欲穷②。
拇摩惭黠吏③,栖隐谢愚公④。

高适(704—765),字达夫,渤海蓨县(今河北景县)人,善作边塞诗,50岁始从仕,任封丘县尉,不久辞去,后官至散骑常侍,故称高常侍,有《高常侍集》。

诗歌里的中国

主旨

　　这是调侃之作：我这样一个人啊，什么都做不好！也表达了作者的归隐之心。

注释

① 州县才难适：去州县做官，我才能不够。
② 云山道欲穷：我去当道士，又感觉走不通似的。
③ 揣摩惭黠吏：走人际关系的路线呢，比不上一般狡黠的官吏啊！
④ 栖隐谢愚公：我最后只有归隐了，但也没有那么大的笃定心。

诗里诗外

　　人们觉得自己能干多少事情呢？即如愚公一样，只能搬山，或者说，九十岁才有搬山的想法，这就能成功吗？事实上，即使发志太晚，但执着不悔，也能成大业。
　　但如果你觉得你一无是处呢？如此诗一样，做什么都缺把力气，那也只能发发喟叹了。
　　古人这个制度不好，什么都要往官上引，比如说高适，尽管最终当上了大官，但他哪里会做官呢？还要叫他高常侍。唐人尤

诗歌里的神话

其有这种通病,一定要加个官职。不过这可能也是一种风流,已经无所谓官本位了,官也拿来戏谑,这也是一种雅称啊!又如杜工部,他哪里会《营造法式》之类的技艺呢?所以这也是一种风尚,所谓不管乱七八糟的东西,我就这样称呼你了。

做官真的很难吗?假如有人真的不会做官,那写写诗,发发感慨,还是可以的,唐诗里多此类,后人才有许多民瘼诗可读。白乐天就写过不少这样的诗,通篇只表达一句:人民真不容易!

有人说:"那不行的话,我当个道士吧。"但真正的道士也不是那么容易当的,比如说会炼丹、修身、进云洞,这都是专业的功夫。就如鱼玄机式的名女人,也是托名在道士之下。这就是诗僧中的较量,也有很多专业素养。

要是夤缘于小吏呢?诗人干不了这事。栖隐于愚公呢?这是需要死尽一颗心才行。这就是为人的难,当诗人的不容易。但哪有专业诗人呢?所以说唐代诗人多数都有此种感叹,高适式的自嘲。

然而诗作得好,不也是专业技能吗?这就有贾岛的出现,但他是栖隐于僧的。古来僧道多善文,此是一证。

夸父追日

传说 //

但凡英雄人物，死后总会生出奇迹来，或化为青山，或化为壮烈的山火。夸父就是这样一位英雄。

夸父追日的传说，千古传颂已久。夸父是一个大族，并不单是一个人的名字。他们是后土大神的后裔。后土大神统治着幽冥世界，就像古希腊传说中的哈迪斯一样。他统治的地方有一座黑山，黑山上住的是"黑人"（不是今天说的黑种人），全是冤魂所致，确实像哈迪斯的地狱一样。这种景象是相当恐怖的，鬼魂们凄厉的吼声充斥着这片土地，血池地狱的止息，万年都不会止息。这就是后土大神的领域，夸父竟是他的苗裔！

夸父是大力神，是像泰坦一样的巨灵，但是脾气却很温和。他手中持着两条黄蛇，大约也是捉鬼之意。这样一种神灵，大约也是为人

诗歌里的神话

间造福的吧。他不会做太大的事，不像后土一样统治着广大的天地。夸父族容易被人利用，传说蚩尤战败时，就想拉夸父族来帮忙，后来与黄帝大战，夸父族和蚩尤战败，夸父族几乎被族灭了。这就是夸父族的历史。

然而并不是每一个夸父族的人都去追日的，但确实有一个夸父族的人如此做了。有一天，不知他心血来潮，还是久有此愿，想和太阳来一场赛跑。他抬起长腿，像风一样，顺着太阳的轨迹追赶起来。他一路狂奔，眼看就要追上了，却还差那么一截。他坚持不懈地跑下去，一直跑到禺谷，也就是太阳落山的地方。太阳横在他面前，像一个巨大的火球。"我终于追上你了！让我来拥抱一下你。"他向太阳伸出手臂，可是在快触摸到的时候，却感到自己口渴难忍。他到渭河去取水，喝完了那里的水，又到北边大泽里去取水，还未走到那个地方，他却因缺水轰然倒地，颓然而亡。他的杖弃在旁边，化为一片邓林，又叫作桃林。大概这位夸父认为，这样可以缓解过路人的口渴吧！

那个地方以后也许会兴云致雨，使桃林生长得茂密。这也是神话传说的一个特点，大凡英雄人物死后，总会使他的遗憾得到补偿。

这就是一个英雄的传奇，费尽心思要与太阳角力，却悲惨地倒在地上，这个结局是具有悲剧色彩的。后羿与他不同，后羿是射日英雄，是成功的。但夸父却是失败的，所谓"倩何人唤取，红巾翠袖，揾英雄泪"，这样一种伤感的情怀，是多少人想象不到的。

诗歌里的中国

影响

　　根据古书记载，夸父的本体可能是只猿猴。后来的孙悟空是谁的子孙呢？我认为就是夸父的子孙。由此而视，夸父的形象明矣。

　　夸父实是抗天不成而死的，死后化为精魂，栖息在山林中。这种英雄，终究是被人怀念的，而不是去凭吊的。这是有很大差别的，当然这是以成败论英雄，即如夸父追日，化为桃林，南山四皓，说不定托体而生。

　　这是文化的落寞，也是夸父的悲哀。夸父比不上射日的后羿，也不如大禹有治水的神功，他死在了半道上，留下一个温柔的桃林。他是一个遁者，从文化的天地中遁走了。

　　他从此解甲归田，就像辛弃疾一样，早年的英雄已化为回忆，只留下一片温柔的怀乡病者的浪漫。

　　其实历史上成志者也少，大都是夸父这样的无名英雄。也就是讲，失败的英雄都是夸父。

　　我们常常可以看见这样的人，理想主义，也努力肯干，但是时运不济，或许有过辉煌的成就，也有可以夸耀的功绩，然而最终却功亏一篑。他们在人群中很突出，总显示出不同凡俗的样子，然而又同群众打成一片，因为他们没有别的资本。这些都是夸父。

　　夸父中的突出者就是慕容复那种人物。不能说他志不高，也不能说他懒惰，然而终究是失败了，于是受到嘲讽。可见，英雄的道路不是人人可行。

　　某些英雄又何尝没有夸父味呢？即便如重建蜀汉的刘备，半

诗歌里的神话

生戎马奔波，除了称帝之外，不好说他算不算一个成功的英雄。这是成功中略有遗憾，降低了英雄的烈度，反而像平凡人了。

夸父是一种普遍现象，我们每个人都有。

谁还没有些英雄梦呢？少年追梦，以为自己能够战胜世界，然而踏出去才发现难如登天，于是只能寻找一片桃林，以作休憩。上天倒是安排了这一块场地，从此就是栖身之地了。这是许多人的归宿，也许有些人永远都找不到，连夸父也做不到。

然而很多名人也做了夸父。比如说一些演员没有什么片子可拍了，就拍一些残次品，留住一些口碑，俗话说"混碗饭吃"，或者说"混个脸熟"，这是演员们常见的谋生之道，早已不复当年雄心矣。

夸父，就是平凡的代名词。

然而夸父也不是容易做的，他要保持住英雄的气度，但又要做平凡的事情，还要不动声色地说自己是英雄。所谓"装英雄"，而不是"做英雄"，是很费功夫的。

升平气象时往往多有此类，也未必不是一种幸事，有"英雄"就到乱世了。

最成功的人士往往最喜欢装成夸父，日常言行中，总是暴露一些弱点，或者说性格的缺陷，其实都是无伤大雅的东西。这是处世之道。

效古

唐·皎然

日出天地正,煌煌辟晨曦。
六龙驱群动①,古今无尽时②。
夸父亦何愚,竞走先自疲。
饮干咸池③水,折尽扶桑枝④。
渴死化爟火⑤,嗟嗟徒尔为⑥。
空留邓林在,折尽令人嗤。

皎然(约720—约803),字清昼,本姓谢,南朝宋谢灵运十世孙,湖州人。唐代文名最盛的僧人。其诗清丽闲淡,多酬答、山水之作,著有《诗式》。

诗歌里的神话

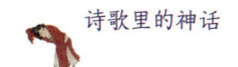

主旨

这是写夸父的一生是个悲剧,许多事情都是不值得的。

注释

① 六龙驱群动:《周易》:"时乘六龙以御天。"又传说太阳乘坐六条金龙拉的车而上天,故云"六龙驱群动"。
② 古今无尽时:万古长存,没有时间的区别,这是佛教的思想。
③ 咸池:传说中太阳沐浴的地方。《离骚》:"饮余马于咸池兮,总余辔乎扶桑。"
④ 扶桑枝:古代传说东海外有神木曰扶桑。《淮南子·天文训》:"日出于旸谷,浴于咸池,拂于扶桑,是谓晨明。"
⑤ 渴死化爝火:渴死化为火炬。
⑥ 嗟嗟徒尔为:做这些干什么呢?这是悲叹之意。

诗里诗外

皎然是个多才多艺的僧人,在茶道上也有很深的见地,他的《九日与陆处士羽饮茶》云:"九日山僧院,东篱菊也黄。俗人多泛酒,谁解助茶香。"能看出其是个高出俗流的僧人,然又不堪寂寞,诗书茶艺,全都精通。他有一首《饮茶歌诮崔石使君》,

诗歌里的中国

写道：

> 越人遗我剡溪茗，采得金牙爨金鼎。
> 素瓷雪色缥沫香，何似诸仙琼蕊浆。
> 一饮涤昏寐，情来朗爽满天地。
> 再饮清我神，忽如飞雨洒轻尘。
> 三饮便得道，何须苦心破烦恼。
> 此物清高世莫知，世人饮酒多自欺。
> 愁看毕卓瓮间夜，笑向陶潜篱下时。
> 崔侯啜之意不已，狂歌一曲惊人耳。
> 孰知茶道全尔真，唯有丹丘得如此。

这是一个茶中仙子，已经人茶不分了。中国的茶文化是从他起源的，陆羽只是陪客，真正主导的是他。"一饮涤昏寐，情来朗爽满天地。"这是写饮茶后神清气爽，饮完茶，人清醒了许多。"再饮清我神，忽如飞雨洒轻尘。"境界高出俗流不少，这是写茶的功效。"三饮便得道，何须苦心破烦恼。"这是写饮茶后超凡脱俗，进入了圣域。皎然这个人也确实不务正业，没听说过他在佛道上有什么进展，俗艺上却大大地风流了一把。他就利用了那个间隙，沟通了宗教与世俗之间的那点宽沟，成就了自己。人们常说诗僧皎然，实际上是承认他是个诗人了。

他的诗写得很平淡。比如这首《寻陆鸿渐不遇》："移家虽带郭，野径入桑麻。近种篱边菊，秋来未著花。扣门无犬吠，欲去问西家。报道山中去，归来每日斜。"仿佛一个不问人间事的人，

诗歌里的神话

有时也看一看世间景色。我们不知道他过得痛不痛苦，但是从诗风来看，他大约是个幸运的人，没遭过什么罪，一点也不知红尘的苦。或者说，他隐藏得很深，只写出一些淡雅的情致。总之，他是佛祖眷顾的人。

后羿射日

传说 //

　　后羿射日是一个很神奇的传说，但容易让人混淆，因为有两个羿，一个是射日的后羿，另一个是夏朝的羿。射日的那个后羿，降生在尧时代。他生来是一个天神。尧时候十日并出，这十个太阳是天帝的儿子，但不知为什么，并不遵守天帝的规则，不再轮流执勤，而是一起出现在了天上。他们摆脱了天帝的控制，觉得异常畅快，然而人间的百姓就受不了了。天帝也觉得有些不太合适，于是派出天神羿，让他小小施一下惩戒，让儿子们不要胡作非为。这便是后羿射日的背景。

　　那后羿是一个什么人呢？史书上说他是射箭高手，左臂很长，大约是拉弓造成的畸形，然而古人总以为是很好看的。他天生神力，不但自己射箭，而且教人射箭，教的时候，一定让人把弓拉满，可别人

诗歌里的神话

哪有那么大的力气呢？一只麻雀从他身边飞过，他都一定要射下，可见其有射箭的爱好。这样，一般的鸟儿也不敢飞过他身边了。他当然看重射箭之道，总以为自己射得最好，因为他知道什么时候能中，什么时候不中，这也是他立身的本领。然而，他虽然是一个天神，也并不知道太多人间的事，就这样承担起天帝的任务，来到了人间。

但羿的命运是很不幸的，他先是失了神籍，又丢失了妻子，最后还被自己的徒弟害死，这样一种命运，也实在像是古希腊悲剧英雄。

但在射日当时他还是英雄，他是八面威风地承担了这个任务的。只见他拿出一支白色的箭，搭上红色的弓，赤日炎炎的，他也不惧阳光的照射。他拉满弓，像满月一样，日中的金乌感到发颤，神都能看到他发抖的样子。天帝想，后羿还真想把儿子射下来吗？他有些后悔派给后羿这个任务，但这时已来不及了，只听"嗖"的一声，带着疾风的响动，白箭射向太阳，转眼间，那个金色的火球发生爆裂，流火四散，迅速地坠下来。人们惊慌地前去观看，原来是一只金色的三足乌，这是太阳的魂魄。天帝吓得大惊失色，想立马制止他，然而怎么来得及，只见他又掏出了一支箭，射向第二个太阳，然后又有第三支、第四支……九个太阳都射落了，坠下九只三足乌，天帝悲痛万分，从此与后羿结下了仇。后羿本来还想射第十支箭，但尧在后面，从他的箭袋中抽出了一支，于是保留了一个太阳，所以这就是至今天空中还有一个太阳的缘故。

民间其实有射日射月的双重传说，所谓阴侵阳则射月，阳侵阴则射日。日中有三足乌是很古老的传说，大气的变化，会造成妖祥事件，这是上古人无法解释的现象，如果再加上巫术图腾呢？这就更加扑朔迷离了。所以说，那个时候的后羿射日，其实是有现实依据的。人们猜不出别的缘故，于是便一概射去，就产生了后羿的传说。他的种种事迹，全都跟箭有关，这是因为要除的害太多了，弓箭是强大的武器。

太阳与鸟的关系，其实是一种图腾崇拜。古人观察到太阳中常常会出现鸟的影子，于是认为日中有鸟，再扩而广之，便说日精为鸟，于是说，太阳死，化为三足鸟，这便是一种图腾的奇异感了。于是大家都以为太阳是鸟，是鸟便可以射下来，这就是神话思维的递进。然后出现种种射日英雄，羿是最有名的一个。还有奔山赴海的，也都与此同类。

他还像赫拉克勒斯一样做了很多别的功绩。比如说他与凿齿（怪兽）战于寿华之野，然后将其射杀在昆仑之东，当时，后羿持弓箭，凿齿持盾，也有说戈的。他又杀了九婴（怪兽）于凶水之上。他还射杀了一头大野猪（封豨），还在洞庭湖杀死了巴蛇。

这些功绩的积累，使羿成为人民心目中的一个英雄，就像赫拉克勒斯一样。但久而久之，人们理所当然地认为他能除害，也就渐渐不太在意他的其他事情了。人们忽略了他的性格上的缺陷，这让他付出了生命的代价。

有个叫逢蒙的人，听闻羿乃天下之善射者也，于是就来做羿的家丁。他很得羿的赏识，慢慢地，羿开始教他射箭。日复一日，他把羿的许多本事都学到了，但羿还留有一招数。渐渐地，他生起二心来，想取羿而代之，让自己成为天下第一神射手。

有一天，羿骑马打猎回来，逢蒙隐藏在后面，向羿施起了暗箭。羿闻脑后有响动，也同时回身抽矢，两支箭撞在了一起，箭尖对箭尖。逢蒙又连续射了八箭，羿以为逢蒙在跟他玩，同样也回了他八箭，箭尖对箭尖。羿已经没有箭了，但逢蒙还有一支，并瞄准了他的咽喉。

诗歌里的神话

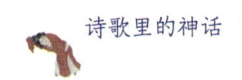

羿心想该露点真功夫了,便用嘴接了箭,拔出箭来,笑嘻嘻地对逢蒙说:"你不知道,'啮镞法'我还没教给你吧。"逢蒙惊吓坏了,以为羿要杀他。可羿并不以为逢蒙要害他,只是笑嘻嘻地让他起来。

后来,逢蒙又做了一根桃木的大棍子,心想射箭赢不了他,便换个手段。羿打猎回来,来不及防备,逢蒙直接用棍子杀死了他。

人们来不及怀想羿的功德,他便已经魂归天府。天帝让他做了宗布神,其实也就是鬼之首领。一代英雄的一生就这么落下帷幕了。

影响

羿是一个成功的英雄,又是一个悲剧英雄。这就是说,他的丰功伟业,并不能阻止他的堕落。

不过他还是做到了功大于天,救民于水火。人民怀念他,就像怀念自己的亲人一样。我们无法考证那个时候是不是真有十个太阳,《庄子》里说:"昔者十日并出,万物皆照,而况德之进乎日者乎!"如果不以现代自然宇宙观为标尺,那这种"十日并出"的景象,其实是可以出现在人间的。上古时代之荒诞,超出人的想象。那"后羿射日"也就是可能的了。

然而他的武功带来的现实境遇是可笑的,这很大程度上跟他的妻子有关。日乃帝俊之子,羿射日得罪了帝俊,夫妻俩无法返回天庭。后羿一下子变成了凡人,后面又发生了"嫦娥奔月"的事件,更是让他信心大减。他只有射艺,于是整天打猎,与普通人已经没有任何分别了。这才造成了后来的悲剧。他是一个在人间待不惯的人，意志也逐渐被生活消磨。

鲁迅先生的小说《奔月》写过后羿当时的窘境："只有羿呆呆地留在堂屋里，靠壁坐下，听着厨房里柴草爆炸的声音。他回忆当年的封豕是多么大，远远望去就像一坐小土冈，如果那时不去射杀它，留到现在，足可以吃半年，又何用天天愁饭菜。还有长蛇，也可以做羹喝……"羿不知道该如何经营人间的生活，这也为他的悲剧埋下了伏笔。不会过人间生活的英雄也多了去了，然而他又是一个神，这样的落差，也足以让人痛心了。

后羿的唯一出路是修道，去修昆仑之道，去修广成子之道，修成一个不俗仙体，再回到天宫，再回到那熠熠生辉的环境中。这是不是很像《圣经》中"失乐园"的描述？他一个人孤寂地徘徊在人间，这就有了一个深刻的"回归"主题。只是他没有这么想，认为在人间长生也不错，这就不及他夫人嫦娥的觉悟高了。佛教说，人间是六道轮回之所，即便是神也不免的。

他最终做了宗布神，算是天帝对他的一个补偿，然而与鬼为类，不复万丈光芒之相，这与射日英雄如何匹配呢？人间英雄也看不起他。

诗歌里的神话

古朗月行

唐·李白

小时不识月,呼作白玉盘。
又疑瑶台镜①,飞在青云端。
仙人垂两足,桂树何团团。
白玉捣药成,问言与谁餐。
蟾蜍蚀圆影②,大明夜已残③。
羿昔落九乌,天人清且安。
阴精此沦惑,去去不足观④。
忧来其如何,凄怆摧心肝。

李白(701—762),字太白,号青莲居士,又号"谪仙人"。唐代著名诗人,个性率真豪放,嗜酒好游。玄宗时为翰林供奉,后因得罪权贵,遭排挤出京城,后病死于当涂。其诗高妙清逸,世称其"诗仙"。

诗歌里的中国

主旨

这首诗写伤感,也是回忆儿时之作,但借月亮表达之。

注释

① 瑶台镜:月中仙人的镜子。这是借月中仙人的镜子来写月像。
② 蟾蜍蚀圆影:传说月中有蟾蜍,月圆月缺即是蟾蜍吞食月亮所致。
③ 大明夜已残:蟾蜍会把月亮咬得残缺不全,皎洁的月亮因此晦暗不明。这是在写伤感,你看这白白的月亮,终究会消尽其光华,难道不值得伤感吗?
④ 阴精此沦惑,去去不足观:月亮都已经沦没而迷惑不清了,我不忍心再看下去,不如远远走开。

诗里诗外

对月凝眉也是古老的主题了。诗人看到古老的月色,便会泛起离愁哀绪,月半圆,遮住了黑夜,遮掩我们个性的残缺,诗人这样唱道。然而有关月亮的歌,总是这样的情绪,有一点伤感,有一点离愁,这跟太阳是不同的。然而月华精魄,自古而然,能看出什么东西呢?都是人赋予它种种忧郁的色彩,这才写出了种种诗篇。这就是月亮的功用,它让强悍的情绪,暂时有了收敛,

诗歌里的神话

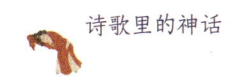

赋予一些温柔的东西，这也是与太阳不同的。

　　古时写月色的诗很多，如这首《古朗月行》，还有苏轼的"明月几时有"，都是传诵的佳作。是什么驱使他们写出这样的情绪呢？或者说，温柔到底是什么？像邓丽君的歌声，唱遍了大江南北，化解了多少人的心结。有时候又觉得她过分温柔了，不像是这个时代的人。即如她这样的仙子，也是从月华中诞生出来的。

　　我们需要月色的滋润，即便到了千古之后的今天，我们已经有了登月的本领。"小时不识月，呼作白玉盘"，李白这样写道，这样的月色，是带有童真味道的，朗月中有几许轻柔的意绪，飘散在空中，化作一缕相思，寄予情人。这地球有个我，你也在其中，然而"隔千里兮共明月"，月亮不就是传递的道具吗？谢庄这样写道。中秋的意绪也在此。然而就是这种感情，传递了千年，成为一种民族积淀。在这种味道中，没有什么文化隔阂，可作人的障碍。人就在这种情绪中，温柔了一世，水月镜花，就成了中国文化。

嫦娥奔月

传说 //

　　后羿的妻子叫嫦娥，本来也是上界的天女。后羿下凡承担使命的时候，把她也带下来了。后羿天天外出去忙大事，她就守在家中，做一些纺织之类的活。而羿身为英雄，总免不了被一些琐碎的事环绕，也有一些少妇投怀送抱的，这让嫦娥很担心。

　　羿还真交往过一个情人，叫宓妃，她是河伯的妻子，也就是曹植在《洛神赋》中极力赞扬的美人。河伯是个风流的人，西门豹治邺的传说里，西门豹就因河伯娶妇之事与其斗过一阵，结果河伯被戳穿了谎言。在这样一个家庭里，宓妃当然是很不幸的了。而羿也因射日得罪了天帝，从此不得回到天上，嫦娥天天吵闹，想要恢复神籍，弄得羿很烦躁。他也天天出去漫游，就在洛水边遇到了宓妃。两人一见如故，也就谈起恋爱来。

诗歌里的神话

这让双方的另一半都很烦恼。嫦娥在家里抱怨,说是后羿背叛了她。河伯不敢去挑衅后羿,毕竟他是射日英雄啊!于是化作一条白龙,从河口中出去,结果惊起了巨浪,两岸民不聊生。他还是被后羿认了出来。后羿很生气,于是弯弓搭箭,射中了河伯一只眼。

河伯到天帝那里告状:"请您把后羿杀了吧。""我为什么要杀了羿?""我化作一条白龙,被他射瞎了眼睛。"天帝笑道:"他本来就是擒龙捉怪的,你化作龙去惹他,这不是自讨没趣吗?"河伯只好怏怏地回去。

但这件事也中止了后羿与宓妃的恋爱关系。宓妃心疼丈夫的遭遇,觉得对不起他,两人也就停止了来往。但嫦娥还在继续生着气,这让他们的关系更加不可挽回。

后羿也思考挽救婚姻的办法。他知道嫦娥想的是什么,无非是失去仙籍可能让他们永世堕落。后羿也担心这个问题,总得想一个法子才好。他想到西方有神山曰昆仑,其上有西王母,其有不死之树,可生不死之药。于是决定去请一粒不死仙药,这样即便回不去天庭,也可以长生。

后羿跋山涉水,真的在昆仑山找到了西王母。西王母同情他的遭遇,对他说:"我这有两粒不死仙药,你和嫦娥同食,便可永留地上,做一对快乐仙侣。若是一人吞食两颗,便会升仙了,务必切记!你也别再来了,不死仙药也就这两颗了,余者不会再有了。"

后羿高兴地回到家,对嫦娥说了此事,约定找一个良辰吉日,夫妻同食此药,从此做一对神仙眷侣。他把药放在家中,也没有随身带着,照样每天出去打猎。

嫦娥的想法跟丈夫不同,她不想待在地上,"我能不能吞食两颗,自己一个人走呢？"她天天想这个问题。她也觉得此事不妥，但她实在不愿意留在地上，求生的欲望还是战胜了夫妻的感情。她越想这个计划越激动，想找人卜筮一下。有一个叫有黄的巫师很有能力，嫦娥就找到他，问道："我瞒着丈夫上天，是吉是凶？"有黄装模作样地占卜了一番，作出一首歌来，道："大吉啊。轻柔的娘子啊，独自一个人西行。天地不明啊，您也不要惊恐，将来会有大的昌盛！"嫦娥遂定下了一颗心。

然后在一个月明之夜，嫦娥趁后羿不在家，偷偷地将两颗灵药吞食在肚子里。她觉得身体轻了许多，飘飘地向上高举。她飞出了窗户，来到房檐上。四周一片寂静，只有月亮的光华遍洒着大地。她想飞到天空去，然而天帝会责怪她的，她背弃了她的丈夫。她只有飞向月宫，这是唯一的出路。她便向着月亮飞升，一直往上奔，直到来到月亮上面。

但是她惊异地发现自己的身体发生了变化，嘴巴变大，声音变得沙哑，她变成了一个蟾蜍。但也有说她没有变成蟾蜍，只是月寒宫寂，她就永远待在上面了。她住的地方的名字，叫广寒宫。后来来了一个叫吴刚的人，因为学仙有过，被谪令伐树。

这就是嫦娥奔月的故事，从此月宫里多了一位仙子，地上却多了一个寂寞的人。

注：《楚辞·天问》里记载："帝降夷羿，革孽夏民，胡躲夫河伯而妻彼雒嫔？"大意是说，天帝派遣羿下凡，原是要他去解除下方人民的忧患，为什么他竟射伤河伯，还把河伯的妻子霸占为自己的妻子呢？因此，也有不少专家研究认为射伤河伯的羿并非后羿。皆因神话传说时间过于久远，记录文字大量散亡，只存零星片段，因此解读无数。

◆ 明唐寅画嫦娥奔月　轴

传说尧帝时的天空有十个太阳，以至大地干旱，神射手后羿射下了九个太阳，于是天地回复生机，同时也赢得帝喾之女嫦娥的垂青，下嫁于他。后来，后羿从西王母处求得长生不死药，嫦娥偷吃灵药后，身不由主飘飘然地飞往月宫，住在凄清冷漠的广寒宫内，留给后世诗人与画家在创作上无限想象的空间。此为唐寅据此画作。唐寅天资聪明，性格潇洒放荡，为明代江南才子

诗歌里的中国

影响

  嫦娥追求自由幸福有什么错呢?她本是天上神仙,只是想回到原来的地方罢了。一个很简单的愿望,然而实现起来却要背信弃义,这又该怎么说呢?这就是命运的不公了,所谓"嫦娥应悔偷灵药,碧海青天夜夜心",说的就是这个。

  然而嫦娥奔月这个神话,其实跟后世的升仙故事很像了。中国第一篇仙话就是嫦娥奔月,它跟后世的道教传说很像。神也不再是威风凛凛的,而是轻柔曼妙的。

  关于月中有玉兔的说法,也是由来已久。人们不忍心美丽的仙子孤单寂寞,就给她找了一个玉兔做伴,让它在月宫伴她,这就是玉兔的起源。

  但也有一个传说,说后来嫦娥和羿还是相见了。嫦娥让羿在正月十五月圆之时,在屋子的西北角放上一只用米粉做成的丸子,这样她就可以私下凡间,与羿相会。但这时候羿在什么地方呢?他早被天帝封成宗布神了,所以也不知道这相会怎么实现。

  总之羿和嫦娥后来是没有再相见,无论是他作为鬼神还是她作为月中仙子。他一定在暗中恨着她吧,她也不好意思再提前尘往事,索性也就这么下去了,做一个孤独的月中仙客。

  值得一提的是,后世总喜欢以铜镜来暗喻嫦娥的寂寞,唐宋时期尤其如此,它成了一个象征,诗人借铜镜来书写自己的过错,或者说悔恨,这是中国式的审美。

  有一首歌是这样唱的:"一念间离歌唱,扫不尽残霜。曲未

诗歌里的神话

尽人断肠,忘记了遗忘。菱花镜照不见,照不见,那曾经的月光。暗夜下云迷茫,弥漫去哀伤。"这是写人的离情,为什么要伤离别呢?"嫦娥应悔偷灵药",我是"碧海青天夜夜心"啊!这样的调子,说尽了伤感。

至于那个搓丸子的神话,是记载在《说郛》中的,这已经是明代的书了。夫妻二人破镜重圆,还有什么能比这更能让人感动的呢?于是不惜颠覆历来的传说,也要让夫妻重聚。

所谓不死仙人这个传说,历史上也有所记载。他们居住在大地的尽头,往往靠巨鳖维持国土的存在,鳖足之上有仙山,仙人就住在上面。这些传说是道士的附会,还是真有此事?古人一直没有定论。渐渐地,大家也都相信起来,"忽闻海上有仙山,山在虚无缥缈间",就是这种心态。如徐福出海寻找不死仙人,也是古代传说所致,那时人真的相信能够找到不死的药方。如嫦娥奔月的故事,即便没有飞升,焉知没有真正的不死人存在于世间呢?

因月亮这个意象,常常寄托思念之情,于是人们也渐渐不相信嫦娥是个负心女,总说她悔,思念她的丈夫。"白月光,心里某个地方,那么亮,却那么冰凉。"歌里这样唱道。这是千年之叹,千年之情,不得而释的。

◆ 金 柳毅传书故事镜

圆形镜,半球钮。镜背镜缘宽素,内有一道细弦纹。浮雕纹饰为一男子坐于岸边树下,下方有一持物童子,仙女及其侍者乘浪而来。一般认为此类主题纹饰来自唐代传奇《柳毅传》,描述龙女向柳毅诉苦受虐的场景。

诗歌里的神话

春暮思平泉杂咏二十首·月桂

唐·李德裕

何年霜夜月,桂子落寒山[①]。
翠干生岩下,金英在世间[②]。
幽崖空自老,清汉未知还[③]。
惟有凉秋夜,嫦娥来暂攀。

李德裕(787—849),字文饶,赞皇人,唐代名臣,牛李党争中李党的首领,与牛党首领牛僧孺互争政权,封卫国公,后贬崖州司户。著有《会昌一品集》《次柳氏旧闻》。

诗歌里的中国

主旨

这是写落贬之感，诗人就像孤寂中的嫦娥一样。

注释

① 桂子落寒山：寒山中空落桂子之声。这是写孤寂的心态。
② 金英在世间：金色的花蕊还开在世间啊！这也是写孤寂之感，多少年华逝去了，只落得个残身在天南，这是反写。
③ 清汉未知还：还回得去那里吗？这是写思念中原，诗人已残此身在天南，看来是回不去啰。

诗里诗外

唐代时，海南还没有被开发，那个地方很蛮荒，士人是去不得的。海南有尊李德裕像，就在天涯海角，如月宫的嫦娥，无人问津。这种贬谪心态其实是士人通有的，如黄州的苏轼，或者做江州司马的白居易，都有此种心态。然后苏东坡也被贬到了儋州，与李德裕做了同调。

但海南有种奇特的魅力，即便是在蛮荒的时代，也并不如苏轼说的"日啖荔枝三百颗，不辞长作岭南人"，那是说好处，如

诗歌里的神话

果是那种风餐露宿,但面对着大海洋,亘古未见的壮阔,这种情怀,也终究是难为中原士人所道。有首歌倒写得很好,"想不再回头,又不想错过,想不想之间着了魔",就是这种疯魔的心态,最能形容这种贬谪士人的心情。

经历过的人会明白这个道理,只有壮阔感,才能"洗"愁。崖州司户,这是一个屈辱的名字,然而多年后,海南人民会记得一个李德裕,不再记得他的职位。

西王母传说

传说 //

　　传说西王母是一个慈祥的老太太。但实际上，这个老太太并不慈祥，《山海经》上说她是一个怪物，住在洞中，长着豹子的尾巴，老虎的牙齿，擅长咆哮，整天蓬头垢面的，但戴着玉胜的发饰，掌管着瘟疫与灾难。她有三只青鸟为她夺取食物，住在昆仑大山的北面。

　　历来有很多很有名的人都见过她，如西周的周穆王。周穆王不远万里，从西周的镐京，专程来到昆仑山找西王母。那时候昆仑山是有名的天梯，也就是天地间相连的通道。自从绝地天通之后，天梯也就剩这几座了。那是绝险之地，周穆王找了好久也没找到那个入口。但西王母还是接见了他，临走时写下一首诗："白云在天，山陵自出。道里悠远，山川间之。将子无死，尚能复来。"译出来就是："白云在天上啊，山陵耸立于大地。道路既远又长，山川阻隔啊！你要是不死的话，

诗歌里的神话

还能再来这里吗？"天子也回了一首诗："予归东土，和治诸夏。万民平均，吾顾见汝。比及三年，将复而野。"即"我回到东土，把华夏治理好。百姓们都平安了，我再来见你吧！看来要等三年啊，我将回到你这里"。西王母还诗道："徂彼西土，爰居其野。虎豹为群，于鹊与处。嘉命不迁，我惟帝女。彼何世民，又将去子。吹笙鼓簧，中心翔翔。世民之子，唯天之望。"意思是"自我来到西方的土地，我就居住在这片旷野。我与虎豹为群，与乌鹊相处。我守着这一片土地不迁走，因为我是华夏古帝的女儿。你现在又要离开我，回去治理你的人民。我只能吹笙鼓簧来欢送你，我的心也随你一起飞翔。你是万民的天子啊，一定会得到佑护"。

然而汉朝时候还有人见到她，汉武帝寻她，成为一辈子的怨念。汉朝人替汉武帝操心，后世流传有《汉武帝内传》，上面描写西王母的容貌："王母上殿东向坐，著黄褖襡，文采鲜明，光仪淑穆。带灵飞大绶，腰佩分景之剑，头上太华髻，戴太真晨婴之冠，履玄璚凤文之舄。视之可年三十许，修短得中，天姿掩蔼，容颜绝世，真灵人也。"汉朝有不少这样的画像砖，描绘着西王母的故事。在那种学仙的氛围中，或许有人真的见到了西王母吧！那时候昆仑山已经演化成太一神的居所，人们从那个入口上升，就能到达永生之境地了。汉武帝的天马就到过此地。"乘彼白云，至于帝乡"，这是《庄子》里的话，许多人就这样相信着。为什么昆仑山那时候如此红火呢？它是仅存下来的一个登天入口了，"神树建木"（另外一个天梯）已经消失了，所以昆仑大山就是唯一的希望。人们趋之若鹜地来到此地，都想一寻西王母和太一神的踪迹。

西王母后来仙化成一个"王母娘娘"的形象，又是怎么一回事呢？这不是《西游记》的创造，早在吴承恩写《西游记》之前就存在了。《墉

诗歌里的中国

城集仙录》记载："金母元君者，九灵太妙龟山金母也。一号太灵九光龟台金母，一号曰西王母，乃西华之至妙，洞阴之极尊。在昔道气凝寂，湛体无为，将欲启迪玄功，生化万物，先以东华至真之气，化而生木公焉，木公生于碧海之上，苍灵之墟，以生阳和之气，理于东方，亦号曰王公焉。又以西华至妙之气，化而生金母焉，金母生于神洲伊川，厥姓缑氏，生而飞翔，以主阴灵之气，理于西方，亦号王母，皆挺质大无毓神玄奥于西方，渺莽之中，分大道醇精之气，结气成形，与东王木公共理二气，而养育天地，陶钧万物矣。体柔顺之本为极阴之元，位配西方，母养群品，天上天下三界内外十方女子之登仙得道者，咸所隶焉。"这就是"王母娘娘"的由来。

至于《西游记》所说的"王母娘娘"，则是后来俗化的结果。在传说中，她和玉帝共掌天庭，她也就成了玉帝的妻子或者母亲。《西游记》中，玉帝似乎很尊重王母，王母不再是那个丑陋的守门神了，而变成了武则天一般的人物。

有名的孙悟空大闹蟠桃会是《西游记》中的重要场景。孙悟空为了求得天上之功名，寄身于蟠桃园中，结果竟将千年仙桃吃了个干净，大大扰乱了那一年的蟠桃盛会。在后来的"安天大会"上，"王母娘娘引一班仙子、仙娥、美姬、毛女，飘飘荡荡舞向佛前"，亲自为佛献礼。其实这也不像王母的尊驾了。

她喜欢帮人求仙，还常常阻人姻缘。传说中沉香的母亲、七仙女、织女等一众仙女的好姻缘都是被王母强行阻断的，也有说是"天帝"，究其背后，还是"王母"在作祟。可见，哪怕在后来的传说中，她也不是对所有人都慈祥。

王母的蟠桃也是有隐喻的，那是"长生"的象征。民间献寿多用桃，

行雲冉冉步踏空虹
蕫霞衣世鮮同殊彼
一時降波涌敵他八斗
賦驚鴻賈座手把
韵而娟娩脫輕伊恙
世緣別有雙成韵赵
約飛來天孙駕胎仙
院學周玉硞摹院後
生師法祝前人丞因
新舊裳池羡侘之憐
他邳逼真
甲午初夏浴题

◆清顾铨摹阮郜女仙图　卷

桃的隐喻是极强的。

这就是西王母的传说。

影 响

西王母的影响主要是在求仙学道的人身上。人们都知道绝地天通之后，天地间的天梯就没剩下几座了。但还有一座昆仑山耸立在天地间。然而昆仑山在什么地方呢？或许根本不是今天新疆那个昆仑山，也许是后人追索这个仙山名，将新疆的一座大山安上了昆仑的名字。又有喀喇昆仑山耸立在今西藏、新疆边界上，这里冰天雪地的样子，似乎更似典籍里描述的那个上古神山。那里真的有仙人出没吗？据说有人见到过。古往今来多少人来到这里，想要一睹仙人的真容。或许真的有人登上过神山，我们可以想见这样的情景，在巍巍昆仑山上，寂寞的行旅人，独自走在寻仙的路途上。一道金光出现，将他带到了一个奇异之地，金碧辉煌，全不似人间之所。寻仙者十分高兴，又感到目眩神迷，这是他此生未见之景。接着，一个端庄的妇人就出现了，亲切地接引着来客，并告诉其寻仙之方，或者干脆就留下了他。

然而西王母究竟是不是接引神呢？这是一个很关键的问题。我们也不相信她接引过多少人上天。如果这样的话，她就成宗教中的救世主了，道教的首领应该是她，类似耶和华的角色了，中国应该有"圣母"传说才对。可见她接引得很少，只得有缘人渡之，这也为其增添了神秘性。

◆ 元 张渥瑶池仙庆　轴

元代蒙古人崇信道教，瑶池乃西王母之寓所，画中所见女仙为西王母，头戴华冠，乘风驾云而来，侍女手捧仙桃，二人俯视商山四皓，其旁童子欢欣鼓舞，取长寿吉祥之意。

诗歌里的中国

但对求仙者而言，她不失为一个良师益友。尤其是在汉代，求仙成为一种风尚。无论是东王公还是西王母，抑或是求仙有成者，如王子乔，都成为人们的心灵寄托。"生年不满百，常怀千岁忧。昼短苦夜长，何不秉烛游。为乐当及时，何能待来兹？愚者爱惜费，但为后世嗤。仙人王子乔，难可与等期。"人们都幻想能够超越生死，这不是一般意义上的求仙愿望。上古时代已经消失了，可那时候佛教还没有传入中国，就这一个空档，诞生了汉文化。所谓仙人幻想，也成为全民族的热潮。

佛教传入之后，西王母的地位就退居次席了。她的作用更多是填补了中国神话体系中王后这个角色的空缺。

但后世也不怎么崇拜她，后起的赵公明都比她要受到民间欢迎。在艺术创作中，她和玉帝一样，成了威严与权力的象征。《红楼梦》里的贾母最像王母了，威严、和蔼、老道，像一个大家长，说着一些家常话。至于王母是不是真的存在，其实已经不重要了。

现在记得她的人也不多了，如果不是电视剧《西游记》，有几个人会想起"西王母"这个神仙？但她的道场还是遍天下，只要有道教宫观，便能看见她。

◆清缂丝群仙祝寿　轴

坡石上，八位女仙拱手恭迎乘凤凰驾临的红袍女仙，手中或捧寿桃、花篮，或持如意、卷轴、瓷瓶、麈尾、拂尘。前景二女仙分持灵芝、锄头，似在交谈；另一位女仙吹笛，面前鸾鸟舞蹈相应。

诗歌里的中国

赠李颀

唐·王维

闻君饵丹砂①,甚有好颜色。
不知从今去,几时生羽翼。
王母翳华芝②,望尔昆仑侧。
文螭从赤豹,万里方一息③。
悲哉世上人,甘此膻腥食。

王维(约699—761),字摩诘,号摩诘居士。唐开元时状元及第,肃宗时官至尚书右丞,故世称"王右丞"。工诗,善书画,苏东坡称其"味摩诘之诗,诗中有画;观摩诘之画,画中有诗"。尝营别墅于辋川,著有《王右丞集》。

诗歌里的神话

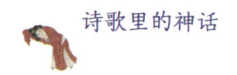

主旨

此诗称赞李颀修道有方,作此长叹。

注释

① 饵丹砂:吃道家所炼丹药。这是道教修习的一种,经常吃出毛病来。
② 翳华芝:遮阴于华盖之下。这是王母等待的样子。
③ 万里方一息:行程万里,才稍事休息。

诗里诗外

要说中国人想成仙,那是想尽了办法。也不仅仅是盼望神仙接引,这是汉朝人的想望。唐朝人就喜欢自己修炼,还真有修成的,比如说吕洞宾,到清朝时还有人见到他的身影,当然是他下界度化啦!不过这个过程很艰苦,从《钟吕传道集》中就能看出来,据说要渡过许多难关,才能通过人神之界。道教一直追求这个,直到现在还有,丹法作为宝贝一直传下来,如明代的陆西星,就是一个大成者。但这个"道"现在变成什么样子了?有几个人真看过,如果再按吕祖示现时的清朝那套来修,天地是不是契合?道教常说修仙不成反堕落,这是值得警醒的。

诗歌里的中国

其实自力修行都是这个样子，没什么前途，往往蹉跎一世，还不见成果。这是佛教法师老说的话。因为要靠佛力才能飞升，这也是佛教信仰啦！但人有这个愿望，不管是出天界还是出六道，总要摆脱尘俗之身，落一个清净，这是一样的。古今中外概莫能外。

如现代的西方文化，也说要修魔法，像哈利·波特那样，负担起正义的使命啊！拯救世界的任务就交给他了。其实这未必不是道教修炼，只是换了个形式。

那什么是道呢？是不是真有一个大道来修呢？人们一日三餐，日作夜息，这不叫修吗？可有在世的出世法？中国文化最喜欢讲的就是这个，尤其到了宋以后，索性取消了修炼吧，就在日常生活中体验。其实挺悲凉的，仿佛升仙无望了似的。

这个愿望，其实也难说，如汉人那么乐此不疲地求升仙，我看是最好的了。

◆宋缂丝群仙拱寿图 轴

寿星骑鹤从天而来，八仙拱手翘首观望。

第四辑

夏商神话

鲧治洪水

传说 //

　　历史上的鲧和传说中的鲧不是一回事。历史上的鲧是怎么一回事呢？这主要见于《史记》的记载。尧的时候，洪水滔天。那是全世界都有的一种现象。《圣经》里也记载，由于人类犯了不义的事，上帝降下灾来，人类最后借诺亚方舟才得以生存。这是西方的传说。东方这片土地，"汤汤洪水滔天，浩浩怀山襄陵"，全部都被大水淹没了，大水环绕着一些没被淹没的小山。人们就住在这些小山上，还有一些洞穴中，鸟兽滋殖，侵扰人类，常有死于鸟兽侵袭者。于是尧帝大发慈悲，道："请问诸位臣工，现在洪水滔天，淹没了山陵，百姓愁烦，谁能去治理洪水，解救黎民于水火？"臣工道："鲧是可以的。"尧不同意："他这个人太自负了。"臣工坚持要鲧去治水，尧只好同意了。结果让鲧去治水，一连九年都没有成果。这时舜帝已经继位，便把鲧流放到羽山，也有说杀死在羽山，以此谢民的。鲧治水用的是堙障的方法，即"堵"，其实是很常用的一个方法，我们现在治水仍然在用，要不然筑那么多堤坝干什么呢？其实未必是"堵"的方法不灵，但鲧还是当了历史的替罪羊，一直背负着骂名。

传说中的鲧就不是这样的。传说中的鲧是一个神仙，是上界的大神。他看到洪水泛滥，便想着解救黎民的法子。然而这水是天帝所施，跟耶和华降水是一样的，是要惩戒人类的，任何人不得解救。他劝天帝收回成命，天帝不允许他再说下去，如果再讲下去的话，要一律论处。他知道这是说不通的，"为何不自己去解救黎民呢？"他想。他在苦思冥想时遇到了猫头鹰和乌龟。猫头鹰和乌龟对他说："这件事其实也不难，你只要取得一件宝物，此宝物就在天庭中，叫作息壤，就可以解救黎民了。""那这息壤是一件什么宝物呢？"鲧问。"它是一种可以自由伸展的土壤，投一点向下界，它就积土成山，成为堤坝，这就是堙洪水的法子。"

宝物自然不会那么容易拿到手，不过鲧最终还是像普罗米修斯盗火一样，将宝物偷到了手，带到了下界。他将这些息壤一点点撒到地上，息壤变成一道道堤坝，洪水消退了，大地露出苍翠的颜色。人民从洞穴中钻出来，从山冈上向他挥手，对他表示感谢。他正要施展全功，让洪水全部消退，却被天帝知道了，天帝很愤怒，立即任命火神祝融把息壤夺回来，并把鲧杀死在羽山。于是，洪水又涌上来，重新变回"浩浩怀山襄陵"的世界。就这样，鲧成了治水的替罪羊，在历史中承受着骂名。

禹又是怎么出生的呢？他又是怎么完成治水的呢？鲧沉没在羽山之中，这是日光不及之地，门口有一条烛龙守卫，鲧的灵就藏在下面。鲧认为自己是受冤屈的，本想做一点对人民有益的事，即便是有罪的，也罪不至死啊！他觉得很不服，便对天帝生起怨恨来，因此尸体三年

诗歌里的神话

都没有腐烂。在其躯体中，儿子禹诞生出来。鲧希望儿子能继续治理洪水，还将向天帝复仇的愿望也寄托在儿子身上。

天帝知道了这个消息，便决定让鲧形神俱灭。他派了一个天神下凡，用一把"吴刀"将鲧剖开。可这时候奇迹发生了，鲧的肚子里跃出一条龙来，这条龙便是禹，他盘曲上升，飞向天空。鲧也变成了一条青龙，逃到别处去了，从此杳无踪迹。

然而这并不是一个人人相信的传说。有人说他没有变成一条青龙，而是变成了黄熊，这是《国语》上的讲法；也有人说他变成一条鱼。还有一种更奇异的说法，"阻穷西征，岩何越焉？化为黄熊，巫何活焉"，说鲧化成黄熊之后，来到了西方，求各种神巫来救治。这是《楚辞·天问》上的内容。

后面的故事便是禹的传说了。

影响

不管是历史中的鲧，还是神话传说中的鲧，他们的遭遇都值得人同情。他们的行迹，不正像许多忠臣一样吗？即便是圣明如舜帝，也毫不留情地殛灭了鲧。可他为什么又重用他的儿子呢？这不能不说是一个疑点，所以说历史未必都是真实的，倒是传说有几分英雄的朴素性。我们说不清有多少鲧这样的英雄是含冤而死的。

忠直之士未必能获得好的结果，这也是历史反反复复证明了的，无论是历史还是神话，鲧的下场都不好，这就值得探究了。他为什么会被历史与神话双重唾弃？这才是鲧之遭遇的谜团。

《史记》中是这样写的："尧曰：'鲧为人负命毁族，不可。'"

诗歌里的中国

《史记正义》中说:"负,违也。族,类也。鲧性很戾,违负教命,毁败善类,不可用也。《诗》云'贪人败类'也。"这就是说一个人败到极处,简直无有善功,倒不一定说他有多恶。这是一种什么人呢?比如说一个人有冲天之志,却又志大才疏,不知事之艰难,却以为自己很有才华。这样的人也确实不可用。然而问题在于,这是一种历史书写,已经被加工改造过了,淡化了许多神异的因素,这就不能说是鲧的原样了。

而从传说的角度来看,他是天上的大神,负罪而被罚至沉渊,这样的鲧不是对百姓没有功绩,只是他治水未成,这个功到底算不算呢?他跟夸父一样,属于难以评判的人物,都是一半功成一半失,千古英雄同觅恨。

这是一个说不清的历史怪圈,他儿子治了水,却没有为他平反,让他始终背负着"负命毁族"的骂名。我们猜测,禹在后来的日子里之所以要勤勤恳恳,便因他是罪人之子。这是一种复杂的感受。所以他三过家门而不入,因为他已经没有家庭观念,这是鲧的原罪。他跟舜正好相反,但都走到了同样的历史境地。你想这样的禹要怎么为鲧尽孝呢?舜帝不是开创了这个历史传统吗?作为继任者,却是行不得孝之人,只有赎罪。

然而传说中鲧禹的关系就比较亲密了。鲧生出了禹,让禹专门去治理洪水。即便是神话中的鲧也是笨拙的,他很善良,但为人处事都不太成熟,这才酿成了悲剧。

鲧最终还是逃出生天了,也许之后他会放浪于江海,回忆着前半生的种种。所幸禹成了英雄,其作为父亲也算没有遗憾了。

一三四

诗歌里的神话

奉陪侍中游石笋溪十二韵

唐·卢纶

朝日照灵山，山溪浩纷错。
图书无旧记①，鲧禹应新凿②。
双壁泻天河，一峰吐莲萼。
潭心乱雪卷③，岩腹繁珠落。
彩蛤攒锦囊④，芳萝袅花索。
猿群曝阳岭，龙穴腥阴壑。
静得渔者言⑤，闲闻洞仙博⑥。
欹松倚朱幰⑦，广石屯油幕⑧。
国泰事留侯⑨，山春纵康乐。
间关殊状鸟⑩，烂熳无名药⑪。
欲验少君方，还吟大隐作。
旌幢不可驻，古塞新沙漠⑫。

卢纶(约739—约799)，字允言，河中蒲州(今山西永济)人。安史之乱时，客居鄱阳，数举进士不第，由宰相元载荐举，官至检校户部郎中。曾历军旅，诗风豪迈雄放，有《卢允言集》。

诗歌里的中国

主旨

这是写游山之景,兼有出尘之思。

注释

① 图书无旧记:古书上是没有这个记载的。这是说山水的新发现。

② 鲧禹应新凿:这是鲧与禹新斧凿出来的(山水)吗?

③ 潭心乱雪卷:水潭的水花四散,就像雪一样。

④ 彩蛤攒锦囊:溪中五颜六色的蛤,就像一个个锦囊一样。

⑤ 静得渔者言:我悠闲地听着渔者的闲话。

⑥ 闲闻洞仙博:我还知道这里有古仙人出没。

⑦ 欹松倚朱幰:将车停在倾斜的松树旁吧。朱幰,红色的车幔,这里是指车。

⑧ 广石屯油幕:巨大的石头上,可以歇歇脚了。油幕,油漆刷过的车帘,也是指车。

⑨ 国泰事留侯:国家平安的时候,我想学留侯归隐。留侯,张良封留侯。

⑩ 间关殊状鸟:这是奇奇怪怪的鸟声啊!间关,鸟叫声。

⑪ 烂熳无名药:这种景象啊,就是最好的药鼎。烂熳,光彩焕发。无名药,没有记载的药方。

⑫ 古塞新沙漠:我还是属于沙漠的人。这是说不敢归隐。

诗歌里的神话

诗里诗外

　　山水是天然药鼎，若是没有奇方异术的话，那寄身于山水间，或者说长住于此，也是延年益寿之方了。李泽厚曾说，山水画就是中国的十字架。它寄托了太多的情思，很难说得清，像《溪山行旅图》中的厚重感，就像基督一样的负荷，那种广博简直大如天地。

　　但现实的山水呢？作为旅游的历程，它轻妙了许多，"欹松倚朱幰，广石屯油幕"，这是可作心灵栖居地的地方。在山石间，在溪水上，浪花四溅，人的心情自然畅快许多了。如泰山飞泉，游者可走它的北坡，那种奇山异水，就不是南坡的雄壮的味道，走上一天也不会累。而黄山的轻云，寄托神仙之思，仿佛往古来今，只有这般存在。再如云台山的花束，奇奇妙妙的，芳境丛生，增人佳意。千岩万转路不定，迷花倚石忽已暝，仿佛古今错落，白云飞升。这就是山水的妙处。可奇云丛生，终究要下山的，尘俗境中，有几番山水春色？万里长空，放一点海天漫想，城市即山林，那一座座楼，不正像山林叠嶂吗？即如溪池丛生，百家欢乐，便是鱼龙雀跃，观妙观徼之理。然轻易不得与于此，人存山水意，亦难也。

　　然须有心境方得与于此，这就是山水的感受。即如大城如古，长江似练，霓虹闪烁，便是一片远淡之感，此方进山水佳境。然心亦远矣！

禹治洪水

传说 //

不管是历史上的禹,还是神话传说中的禹,都是治水的英雄。《史记》中是这么记载的:"禹伤先人父鲧功之不成受诛,乃劳身焦思,居外十三年,过家门不敢入。薄衣食,致孝于鬼神。卑宫室,致费于沟淢。陆行乘车,水行乘船,泥行乘橇,山行乘檋,左准绳,右规矩,载四时,以开九州,通九道,陂九泽,度九山。令益予众庶稻,可种卑湿。命后稷予众庶难得之食,食少,调有余相给,以均诸侯。禹乃行相地宜所有以贡,及山川之便利。"禹因父亲鲧治水无功受到惩罚而感到难过,他劳身苦思,在外生活达十三年。几次从家门前路过都没有进去。他节衣缩食,对祖先神明的祭祀却尽量丰厚,居处简陋,所有资财都用在修挖沟渠上了。他在地上行走就乘车,走水路就乘船,走泥泞的路就乘木橇,在山路上就穿上带铁齿的鞋。左手拿着准和绳,右手拿

诗歌里的神话

着规与矩,不违时宜。他开发九州的疆域,疏导九州的河道,修治九州的大湖,测量九州的大山。他让益为民众分发稻种,让这些稻种可以种植在低洼潮湿的土地上。让后稷赈济饮食艰难的民众,粮食匮乏时,就使一些有富余粮食的地方赈济缺粮的地区,各个诸侯国都能有粮吃。他一边行进,一边考察各地之物产,规定向天子交纳的贡赋之数量,考察各地的山川地形,弄清各地交通是否便利。

《史记》里详细记载了大禹治水的过程。他把全国都测量了一遍,疏通了道路,让水各归其位,走它该走的道路。各地的物产、田贡,禹全都一清二楚,从此华夏成为可治理的,这是禹的功劳。

然而神话中的治水是怎么回事呢?大禹治水那么大的功绩,单凭人力是可以做到的吗?事实上他得到了多方的帮助。首先是天帝的首肯。《山海经》中说:"帝乃命禹卒布土以定九州。"天帝改变了他的态度,不再阻止人去治水。但是水不是天帝亲自发动的吗?看来他也是动了恻隐之心,还借给禹息壤,派了条龙来帮助禹。可见,天神的想法也不可测。

重新治水的禹真的得到了上古神仙的帮助,这一路奇遇还是很多的。在开掘到龙门山的时候,他进入了一个深邃的岩洞。他发现前面有处光亮,就跟着这光亮走过去,看到一个人面蛇身的神。他大概知道这个人是谁,道:"你就是传说中的伏羲大神吗?"人面蛇身神点点头。"你做的工作是很辛苦的,有件礼物要送给你。"人面蛇身神道。这个人面蛇身神掏出一个玉简,一尺二寸长。"拿了这个东西,你可以去丈量天地了。"说完就不见了。这个东西帮了禹很大的忙,他从此对华夏的土地心里有数,做出了精确的计算。

在到黄河的时候,有一天,他正在观察水势,河中突然钻出一个人来，这人人面鱼身。人面鱼身人给了禹一块青色的石头，一句话不说就走了。这个人面鱼身人就是河精，也就是黄河河伯。禹观察了一下这个石头，上面有斜斜密密的花纹。他知道这就是河图了，以此便可尽知天下河道。

桐柏山有一个怪物，常常阻住水路，每当它发威的时候，便狂风大作，电闪雷鸣，泥石倾泻而下，治水工作根本没法进行下去。大禹大怒，召集群神商量对策。他找了好些人帮忙，才擒住了这个叫无支祁的水怪，它在淮水和涡水的交汇处兴风作浪。此怪能言善辩，能辨别长江淮水的深浅、山川平原的远近，它长得像猿猴，塌鼻梁，高额头，青身子，白脑袋，眼睛放出金光，牙齿雪一般白，脖子伸出来百尺长，力量超过九头大象，与人搏斗时跳来跳去的，身法极其敏捷。禹让童律去制服它，童律不能；又让乌木由去制服它，也不能够；让庚辰去制服它，能，但是当他制服它的时候，一大堆水怪山妖围绕在它身边号叫。庚辰用戟把它们赶走，将无支祁的脖颈上系上大绳，鼻子穿上金铃，将无支祁镇压在淮阴的龟山下面，这样淮水才能顺利地流向大海。

禹治水要经过三门峡。据说这三门峡就是大禹开凿的。那个时候有一座山挡住去路，大禹就破开了它，让河水分流而过。这山有三个门，即鬼门、神门、人门，分别对应三条河流。这三条河流又汇成一股，这就是为什么要在那里建一座三门峡水电站。可是那时候是没有水电站的，于是三股急流汇成一股大的急流，这个禹王也没有心思去管了，他能开凿出三门峡已经不错了。于是河滩上，经常唱着一些船歌：这是鬼门关啊……如今这些东西没有了，然而三门峡气势依旧，仿佛禹的精魂在守卫着这片河湾。

不得不提的一件事，是禹在治水的途中杀了一个人。他为了对付

诗歌里的神话

水神共工，召集天下大神来会稽开会。大家都到了，只有防风氏没有到。为了以儆效尤，他就处死了防风氏。这件事在后世也引起了争议，有人说他是共工的党羽，这才杀了他，要不然仅仅迟到，怎么会让禹杀了一个人呢？

他还杀了一条龙。大约是在开凿三峡的时候，有一条龙错引了水路。于是工人们便在龙引的路上开凿了一条峡谷，这是完全没有必要开的峡谷。于是禹杀了这条龙。

这就是禹平水土的大致过程，历史上的记载可能更加宏大一点吧。

影响

无论从神话还是从历史的角度来看，禹平水土都是中国史上的一件大事。这让华夏真正成为可居住之地，这样才有历史大戏产生。几千年的风云变幻，历史演变，都以此为基础。

然而河道并未因此而安宁，几千年来，黄河、淮河仍然在不断发生水灾。这就是说，他治水还是很不彻底的，留下了不少隐患。但毕竟中原可以居住了，河水也向东流了，或者说，泽国消失了，从此再没有大的水患。我们可以看亚马孙的河口，至今建不起大的城市。那或许就是未治的"黄河"。

水流的急缓，这也是控制住了的，不至于形成滔天之势。中国的地势呈三级阶梯，没有形成这种"天河"，其实应该归功于大禹的。你不知道他用了什么法子，修改了水的流速，让水缓缓而流，只在一些急滩处，才显得不可控制（这就是要修三峡大坝的缘故）。我们今天仍然享受着这些福泽，中国没有成为亚马孙平原，而是

◆ 清缂丝御题周文矩大禹治水图 轴

画面峻岭迭嶂,瀑布急流,满山古木苍松,洞穴深秘。山崖峭壁上成群结队的人们正在刨沙筑渠,疏通河道,导流洪水,表现大禹开山导石治水的画面。

诗歌里的神话

沃野千里,城邑聚落,安居乐业,一切都跟大禹有关。

或许息壤还没用完吧!黄河之水天上来也不可怕。要不然真成"山海经"了,那说不定真是上古时候的形势,简直没有人类之所在。然而究竟没有成为山海泽国,这才去回忆往昔!

大禹的精魂散于天地,天泽不尽。

白帝城怀古

唐·陈子昂

日落沧江晚,停桡问土风①。
城临巴子国②,台没汉王宫③。
荒服仍周甸④,深山尚禹功。
岩悬青壁断,地险碧流通⑤。
古木生云际,孤帆出雾中。
川途去无限,客思坐何穷⑥。

陈子昂(约661—约702),字伯玉,唐朝射洪人。轻财好施与,武后时官至麟台正字,后迁右拾遗。唐诗至陈子昂始入正。有《陈拾遗集》。

诗歌里的神话

主旨

这是怀古之感,诗人感慨这片太平盛世来得不容易。

注释

① 停桡问土风:停下船问这里的风土民情。桡,船桨。
② 城临巴子国:白帝城城楼面临着古巴子国。巴子国,周武王克商,因巴人参战有功,封为子爵,称巴子国。在今川东、鄂西一带。
③ 台没汉王宫:高台陷没在当年刘备托孤的永安宫里。汉王宫,刘备曾托孤在白帝城永安宫,故云。
④ 荒服仍周甸:这里还是周朝的领域啊!荒服,《国语》"自是荒服者不至",指离京师二千至二千五百里的边远地区。周甸,周之远郊,指它的势力范围的外围。
⑤ 地险碧流通:地势虽险要,但江流却能顺利通过。
⑥ 客思坐何穷:旅客的愁思因此更无尽无穷。

诗里诗外

白帝城是一个神秘的地方。它的名字就神秘,实际上只是一个僭越者的称号罢了,公孙述曾经自居白帝,以为有帝王之相,便在这筑了城。然而它真正出名却跟两个人有关。一个是刘备，他讨伐孙权失败，在白帝城托孤诸葛亮。再就是大诗人李白，我们都知道他写的《早发白帝城》，诗中的白帝城似乎是一个希望之地。从此之后，白帝城总跟某种希望之事有关，无论你是出川还是入川。

然而这个地方是很险峻的。杜甫写过一首《白帝城最高楼》：

城尖径仄旌旆愁，独立缥缈之飞楼。
峡坼云霾龙虎卧，江清日抱鼋鼍游。
扶桑西枝对断石，弱水东影随长流。
杖藜叹世者谁子？泣血迸空回白头。

这是极衰的意象，那是唐朝安史之乱的衰感。这首诗是拗体，用的不是一般的音节，它构造出一种衰迈的风格。人说杜甫从来没年轻过，其实也是有道理的。他生的年代不幸，他的全盛期刚好赶上"安史之乱"，时代砸中了他，让他承担对这段历史的叙述，或者说让他做由盛转衰的记录者。在白帝城的高楼上，他望见了这个象，连他都受不了了，忍不住回头，这就是一点都说不尽的哀伤。

明孙枝画杜甫诗意 轴

大禹游踪

传说 //

  禹治水土的时候,到过许多奇异的地方,他跟他的助手伯益,据此写成了一部《山海经》。现在这部《山海经》当然是流传下来的文字记录,原始的《山海经》,谁又能读得懂呢?然而他们去过的这些地方,却都成了中华的奇异宝藏,为后人所考索,仿佛有什么往古秘闻似的。

  然而这些《格列佛游记》似的记录,有几分真实性呢?许多人相信都是真的,由此引出对史前文明的讨论,我们也相信都是真的,但那是巫术图腾时代的遗迹,没有那么多超高文明的。

  有几个国家是值得讲一下的。首先是这个僬侥国,其实也就是侏儒国。侏儒就是矮人的意思。太阳一出来,僬侥国的小孩便从树上爬下来,疯狂地奔啊,跑啊。他们见了人都嘻嘻地笑。这些人很像《西游记》中镇元大仙的人参果,仿佛是可以被吃掉的。这样一种国家是

诗歌里的神话

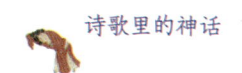

干什么的呢?这里不同于中原文明,仿佛只是童真所在,这就是禹看到的东西,也不知道心里有没有触动。

还有一个国家叫君子国。《山海经》中是这样记载的:"君子国在其北,衣冠带剑,食兽,使二大虎在旁,其人好让不争。"这些人都峨冠博带的,佩着宝剑,这就跟中原很相像了。他们吃自家养的野兽,常常有老虎在旁边当作仆人。这些老虎怎么会温顺的呢?大约也染了君子国的民风,好让不争,这才温温顺顺的,与人相亲。传说孔子说的"九夷"就是指这里。《论语》里说:"子欲居九夷。或曰:'陋,如之何?'子曰:'君子居之,何陋之有?'"这个"君子"到底是指什么呢?有人就说是《山海经》中的"君子国"。这个后来还引发了《镜花缘》中的创作。

还有一个可怕的国家——枭阳国。《山海经》中是这样记载的:"枭阳国在北朐之西,其为人人面长唇,黑身有毛,反踵,见人则笑,左手操管。"《山海经》这样描述,实际上已经是轻柔化了。其实际上是一个食人国。这里人的身子有一丈多高,长着人的脸,漆黑的身子,走起路来像风一样快,把人当作食物。然而这些食人生番也并不是活的,很多都是妖精作祟,这是大禹时候常有的现象。所以他治水成功后,铸了九个鼎,把各种山精水怪的图像画在上面,后来被各个国家当成图腾了。

有一个国家叫玄股国。这一国的人生得很奇怪,就像黑人一样,双腿全部都是黝黑的。这在今天看来不奇怪,但在上古的东亚,算是很奇特的了。他们生活在海边,把鱼的皮当作衣服,以海鸥为食。这也是东亚海岸的人,但在正史中却不见记载,也不知道是多少万年前的人类,进化出了不同的相貌,到禹的时候还存在着。东亚怎么可能只有一个种类呢？其实也是多种族共生的，这只有从《山海经》才能看出来。

东北的地方有一个国家叫跂踵国。他们用五个脚指头走路，不用脚跟，所以叫作跂踵。还有一种说法，他们是反向行进的，脚指头往南，足迹却向北，所以又叫作反踵。所谓南辕北辙，形容这个民族真是太恰切了！他们也不知道向南向北，但总是反的，所以你要追踪他们的踪迹，一定要反方向找寻。

海外有一个国叫结胸国。这个国家的人都长着巨大的喉结一样凸起的胸，也就是胸前凸出一块来。这个相貌可是奇骇的了。然而附近还有一种鸟，也就是传说中的比翼鸟。这种鸟很奇特，只有一边有身体，比如说一只眼、一只翅膀、一只脚，所以只有两只鸟合在一起才能够飞翔。这就是"比翼鸟"的来源，后来用来比喻夫妻的恩爱。

有一个国家叫无肠国。这个国家的人都没有肠子。那他们怎么吃饭呢？肯定是一通到底了，来不及消化什么东西。所以后来又有很恶心的描述，比如说李汝珍的《镜花缘》中，无肠国的人是分等级的，第一等人的排泄物给第二等人吃，依次类推，这可是很深刻的讽刺了。

有个长生不死的国家叫无脊国，在西北大荒。这个国家的人没有后嗣，居住在洞穴里，吃的都是土，也没有什么男女之分。那他们怎么延续呢？他们死后都埋在泥土里，心脏是不会腐朽的，一旦过了一百二十年，就能自动复活。所以说这里是长生不死的国家，道士修仙者多有到之。

也有一些国家的人比较长寿，比如说西方的轩辕国，这也是黄帝的子孙。这个地方的人都长着蛇的身子，他们即便短命死了，也有八百年的寿命。他们将尾巴缠在头上，很像一个大神。附近有一个土丘，

一五〇

诗歌里的神话

又叫轩辕之丘,据说射箭的人不敢朝那地方射箭,那里有四条蛇盘绕,是有神灵的地方。

南海有一个国家叫三苗国。此国是三族人合成的,分别是帝鸿氏的后代浑敦,少昊氏的后代穷奇,缙云氏的后代饕餮。当年他们反对尧将帝位传给舜,他们的国君被尧所杀,他们就逃到了南方,共同组建了一个三苗国。有点像西方人的天使,只是不能飞。

这些都是《山海经》中记载的东西,其实都是一些部落,用"国"这么一说,仿佛多么广大似的。这些奇迹,也真是见诸笔端的少,若不是《山海经》记下来,真不知道传说中的远古人类世界竟然有这么奇特的现象。

影响

那我们要问的是,这些国家的真实性到底有几分?《山海经》那么煞有介事地记出来,我们总不好说全是假的吧?然而就须辨别,有些说不定真是附会,比如说附著在哪个名人后面,一些文人有这样的习惯。

现在的《山海经》记叙得那么丰富,看来也是有秘本传承的,这可能就是上古的《山海经》流传到周朝以后的成果。近年来也多有考证,说是某某出土文物与《山海经》暗合,不过这也不是什么"史前文明",没有那么多丰富的想象。但这种中国文明定于一尊的现实,是从秦始皇以后开始的,也真是限制了人的想象。我们不知道周朝以前的人类世界有多么丰富,人们可以以什么方

◆ 宋李公麟毛女图 轴

毛女为传说人物,字玉姜,在华阴山中,形体生毛,结草为衣,类似鹤翎。

诗歌里的神话

式存在,也是难以想象的。然而"子不语怪力乱神",《山海经》偏偏是"怪力乱神",这就不得不说是一种遗憾了。

直到《魔戒》之类的西方著作火了之后,中国人这根神经才慢慢提起来。原来上古时代都是这个样子,没有那么多条条框框。还原出来其实也就是这个样子,奇谈奇趣的,有的时候觉得抵不上一部魔幻大片。然而它的真正价值在史学上,果真如此的话,中国上古史要改写了。

原来夏商也不过是两个大的部落而已,"王"也没有那么伟岸的形象,这是周朝之后才有的东西,搞得穆穆棣棣的,从此确立了"天子"的标准形象,仿佛玉皇大帝似的。

周代其实已经有很成熟的文化了,要不然孔子也不会说"吾从周"。但他也遮掩了不少,在那片遗迹中太多"怪力乱神"。《中庸》里也说:"素隐行怪,后世有述焉,吾弗为之矣。"是有意识地避免这种奇谈怪论。只有庄子讲讲这个东西:《齐谐》者,志怪者也""藐姑射之山,有神人居焉"。当然不用说屈原的《天问》了,都是掩不住的历史。上古人其实仙真广列!当然神怪也不少,果真就是"山海经"。

即便到了汉武帝时代,仍然减不灭这种追求。神仙隐迹在山林中,这恐怕是中国文明的一个特色。所谓"人在山中",不就是"仙"的本义吗?直到佛教传入中国,这种追求才渐渐消减。因为人可以出六道,何必再追求天界的境界呢?这是佛教立身的法宝。

但还是有人追求成仙的,像吕洞宾不就是在唐代得道的吗?出则为仙,这种追求是一致的。

据说现在《山海经》很火,到处都是修真的游戏。这种热情,

诗歌里的中国

也真不知道是不是好事。时移世异，或者说是一种虚幻的追求吧！但面对西方文化的冲击，我们提起这个东西来，也不失为一种民族文化的防御。因为"怪力乱神"的东西也只有这一本了，《西游记》不作数的，而且也太晚了，没有那个劲儿。

于是就让《山海经》主导民族文化了，会不会这样呢？这样将孔孟往哪里放呢？这也确实是值得深思的问题。

但它的天人之思，也确实是开阔了心胸，让人见到域外的世界，仿佛庄子说的《齐谐》一样，打开了一扇扇大门，这便是《山海经》的功绩。

诗歌里的神话

读山海经（其一）

东晋·陶渊明

孟夏草木长，绕屋树扶疏。
众鸟欣有托①，吾亦爱吾庐。
既耕亦已种，时还读我书。
穷巷隔深辙②，颇回故人车。
欢言酌春酒③，摘我园中蔬。
微雨从东来，好风与之俱。
泛览周王传④，流观山海图⑤。
俯仰终宇宙⑥，不乐复何如。

陶渊明（365—427），东晋浔阳柴桑人，名潜，字元亮，别号五柳先生，世称靖节先生，其诗尤为人所称，其人被称为"古今隐逸诗人之宗"。

诗歌里的中国

主旨

这是诗人隐居时，耕作之余悠闲读书的惬意场景。

注释

① 众鸟欣有托：众鸟因有栖息之处而快乐。《九辩》："众鸟皆有所登栖兮。"
② 穷巷隔深辙：巷子住得偏僻，与朋友都断了来往。
③ 欢言酌春酒：欣喜地饮酌春天的佳酿。春末夏初的时候，春天的酒还没喝完，所以这么说。
④ 泛览周王传：周王传，指《穆天子传》。晋太康二年，汲县之民盗发古墓得《穆天子传》，故有书存世。
⑤ 流观山海图：汉朝时候流传下来《山海经》古图，故云山海图。
⑥ 俯仰终宇宙：转眼之间我已经走遍宇宙了。《庄子·在宥》："其疾俯仰之间而再抚四海之外。"

诗里诗外

人对神仙境界的追求，其实可以通过多种方式表达出来。即便到了明朝，西方文化兴起的时代，嘉靖皇帝仍然在求仙问道，可见这种传统的根深蒂固。然而深山的道长，又如何能接引四方

诗歌里的神话

呢?他们不像佛教,讲得就是普度众生,道教讲得更多是个人修炼,其白日飞升的追求,也只是一种天界境界,数千年来传承着,像《钟吕传道集》,就记载着明确的方法。像成玄英之类的道士,其实也不知道飞升到仙界几次了。据说吕祖在清朝还有示现的迹象,其他也就不为人知了。人们常常梦到仙境,那个地方的感知跟寻常不太一样,或者讲那是一种异度时空,就像周穆王见化人时所感知的那个样子。所以说梦醒难知境,仙人何处寻?

但你若要记得呢?比如说记得梦中的奇景,或者说分身啦,或者说宇宙起源,大道之初始啦,那是存留一生的记忆,很多天才据说就是这样成就的。他们离奇的梦幻,说出了一些人生的奥秘,大道之奇幻,也展现在眼前。"昔者庄周梦为胡蝶,栩栩然胡蝶也,自喻适志与!不知周也。俄然觉,则蘧蘧然周也。不知周之梦为胡蝶与?胡蝶之梦为周与?周与胡蝶则必有分矣,此之谓物化。"这就是大道之化境。

如今,我们可以在虚拟世界中体验仙境,这就要感谢科技水平的发展了。

夏之立国

传说 //

夏之立国经历了一个很曲折的过程。

禹治水成功后,被舜视为天子继承人。他走遍了山川,积累了功德,顺理成章地坐上了天子之位。他有一位助手叫伯益,伯益跟着禹立了很多功绩,传说禹要把帝位传给他。《史记》上说:"十年,帝禹东巡狩,至于会稽而崩。以天下授益。三年之丧毕,益让帝禹之子启,而辟居箕山之阳。禹子启贤,天下属意焉。及禹崩,虽授益,益之佐禹日浅,天下未洽。故诸侯皆去益而朝启,曰'吾君帝禹之子也'。于是启遂即天子之位,是为夏后帝启。"

这段记载是很滑稽的。以为即将继承帝位的伯益也学前两位君主(学舜避丹朱,禹避商均)去避居,以为这不过走走过场。谁知道事不过三,这时候"家文化"已经很成熟了,天下也已经安定,人们希望

诗歌里的神话

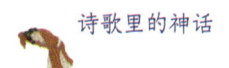

有一个德政的家族来统治，而不是换来换去的天子。所以伯益演的这一出让贤的戏码，刚好成就了夏启，从此就开启了四千年的"家天下"。

然而启跟他的父亲不一样，他不是一个很好的君主。据说他从天上得到了音乐，《山海经》上说："开（启）上三嫔于天，得《九辩》与《九歌》以下。此天穆之野，高二千仞，开焉得始歌《九招》。"《九招》即《九韶》。这是一种神奇的音乐，能够让人乐而忘返。启乐悠悠地欣赏着这种美妙的乐曲，手中拿着玉环，敲着身上的玉璜，做一种天人的享受。这曲子是他从天上拿下来的，他也自以为是天人了，根本没有其父艰苦朴素的精神。他一点也不把国家大事放在心上，这样就不像一位人间君主了。于是这种声音传到天上，《墨子》里说："启乃淫溢康乐，野于饮食，将将铭苋磬以力。湛浊于酒，渝食于野，万舞翼翼，章闻于大，天用弗式。"他闹得太大，又是酒又是乐的，天帝觉得他太不像话了，于是决定抛弃他。用古人的话说，"天命"转移了。

但启还是善终了。不过所谓不及于其人，即及其子孙，《离骚》里说："启《九辩》与《九歌》兮，夏康娱以自纵。不顾难以图后兮，五子用失乎家巷。"启的五个儿子争夺天下，太康胜出，后又被后羿篡位。"后"即王，也就是部落首领，不是神的意思了。

这个后羿是一个普通农民的儿子，只是因为仰慕射日英雄后羿，自己也擅长射箭，于是也叫作羿了。他有一番传奇的成长经历。他小时候跟着爸妈到山中去采药，自己困了，就在一棵蝉鸣的树下睡着了。爸妈循着记号来找他，哪知道空山不见人，也就遗失了他。也就是说羿从小成了孤儿。一个山中老头发现了他，老头名号楚狐父，是个猎户。他收养了羿。楚狐父射得一手好箭，于是就把箭术传给了羿。羿长到二十岁的时候，楚狐父也去世了，羿便开始了漫游。听说如果射

诗歌里的中国

箭能力高的话就能射到家乡的位置，他便把箭长长地射出去，一直飞到自己家的门口。他沿着箭的轨迹前去查看，发现自己的父母早已去世了。他在家乡也待不久，便又开始了漫游。他遇到了一个叫吴贺的青年，也是擅长射箭的，便相约一起射鸟。羿说："你想要活的，还是要死的？"吴贺说："射它的左眼。"没想到羿一发弓，却射中了右眼。吴贺大笑，羿感到羞愧万分。

羿从此愈发精益求精，直到百发百中，矢不虚发。他的名声越传越远，终于当上了有穷氏部落的首领，是名后羿。

我们不知道羿怎么样取得夏朝政权的。他就是那时的一方霸主，那些夏朝的离散之君臣，也自然是他的手下，所谓"后羿自鉏迁于穷石，因夏民以代夏政"（《左传·襄公四年》）。当时只有一个叫伯封的诸侯不服，他母亲是有仍氏的女儿，名叫玄妻。他征服了伯封之后，就把玄妻掳作了后妃。为了报杀子之仇，玄妻时时刻刻在隐忍，直到他发现了寒浞。

寒浞是寒国的贵公子，也是一个落魄王孙。他千里迢迢跑过来投奔羿，羿也把他当作心腹。羿自己冶游放纵，却把国事都交给寒浞来打理。寒浞也勾搭上了玄妻，二人一个要报仇，另一个要篡权，就这样狼狈为奸起来。他们罗织了许多罪名给羿，刁买了人心。他们还让羿做许多不得人心之事，然后人心都站在他们那边。就这样密谋着，完成了一切的准备。

这一天，羿从郊外打猎回来，他感到头上一阵凉风。"莫不是有什么祸事？"羿正想着，只听见嗖嗖几声箭响，箭从身后射过来。他躲闪不及，正中心窝。这只是第一箭，后面几支箭纷纷射中了他的要害。他刚想知道是谁在害他，寒浞就从众人中走了出来。寒浞面无表情地

诗歌里的神话

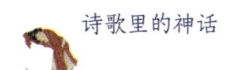

杀了羿,然后高呼:"暴君亡了!"人们纷纷响应,几个不愿跟从的心腹,马上被除去。然后他们就去屠灭羿的全家。羿的尸体被扔在火上烧,人们围着篝火跳舞。

于是寒浞做了有穷氏的国君。他娶了玄妻,生了两个儿子,一个叫浇,一个叫豷,都是力大无穷。父子三人一起统治着这个国家。人们发现这才是真正的暴君,敢怒而不敢言。

于是人心思夏政。流亡在外的少康(据说其母"逃出自窦,归于有仍,生少康焉",也是夏朝的遗孤了),也就是夏启的曾孙,觉得是时候了,便召集人马,开始了反有穷国的起义。一开始只是"有田一成,有众一旅",人马很少,但这次起义声势浩大,几乎召集了夏的全部亡众。《左传》上说他"使女艾谍浇,使季杼诱豷,遂灭过、戈",他用了很多间谍的手段,终于把寒浞的两个儿子消灭了,于是"复禹之绩。祀夏配天,不失旧物",成了夏朝的中兴之祖。于是夏朝终于成了一个朝代,这才有了"夏商周"的说法。

影响

有人说夏朝也算一个朝代,但是它仅仅只是一个部落而已,或者说叫中央部落吧。我们习惯了大一统的思维,似乎也以为夏是跟秦一样的朝代,于是对夏朝的君主更替看得格外重。其实商汤部落一直在旁边发展壮大,就像后来周在商旁边发展一样。这是必须要纠正的一个观念。那是一个部落时代,就像《魔戒》的相攻相杀,没有什么正统之讲究。我们从这地方看这点传说,就

诗歌里的中国

会有点疑惑，所谓少康复国，复的是什么东西呢？

你也可以说，少康复了禹的功绩，或者说禹的社稷，那种祭祀感，的确是要代代传承下去的。人们认禹为王，其实也就是承认了夏启的正统性，尽管地盘很小，但仍然是天子的架势，或者说"帝"的感觉。

神奇的是间隔了这么多年，人们还能想起夏禹的德政，这是少康复国的政治基础。

但少康的传奇性，还是建立在禹之上的。他是禹一系的嫡孙，中国皇族尤其注重这个，这也是刘秀能成功复国的缘故。

那时候封建道德还不是太牢固，或者说压根就没有什么封建道德，那都是周朝之后才建立起来的，人们并不觉得推翻一个人的统治有什么错误，所以也就弑君频发，也就是杀了一个部落首领而已，这在原始社会经常见到。但是一旦皇族化起来呢？比如说把启看成是天子之祖，那少康就有复仇的意义了。其实少康那些年过得还是比较舒坦的，《左传》上说，"虞思于是妻之以二姚，而邑诸纶，有田一成，有众一旅"，是一个小霸主的感觉，可不是越王勾践的味道。或者说他根本就是一个投机者，"夏社可复则复之，不可复，吾亦一部落首领耳"。恐怕这才是那时候的情况，讲不起那么多深仇大恨。

然而后世一传说就走了样，变得非复仇不可，不复仇便不是夏朝的孝子贤孙（《左传》的记载中这个味道尤其浓）。这就是少康的家训。

我们始终不知道夏社是怎么灭在后羿手上的，或者说他是怎么就"代"了夏政的。反正不是像王莽一样花言巧语得来的。

禹

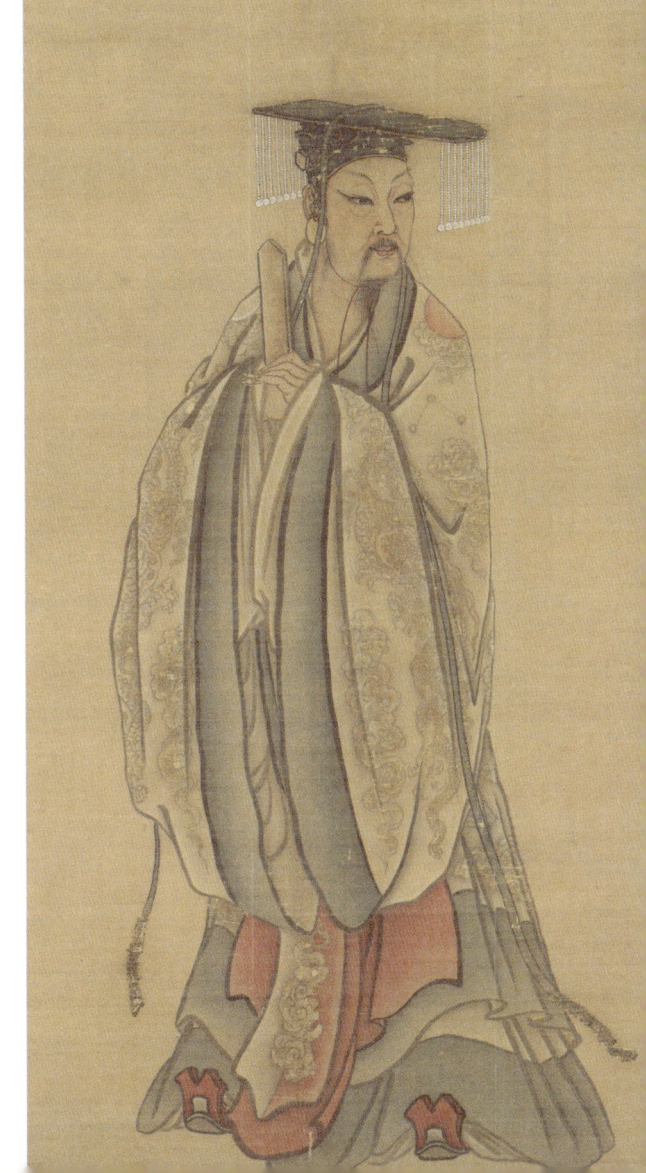

克勤于邦 烝民乃粒
懋数在躬 廕中允執
惡酒好言 九功由立
不伐不矜 振古莫及

宋马麟夏禹王立像 轴

诗歌里的中国

这样一来，少康的复国也就可以知晓了，他就打了一些小仗，搞了些间谍计谋，兴复了一下残失的祖业。然而被后世儒家所夸赞，成了孝子贤孙的典范了。

这就是历史的非均匀性，所以说历来人们都很重世系，修家谱，都是要争个正统。倘若是寒浞的子孙来复仇呢？那费的力气可就大了。所以刘备一生说自己是汉室后裔，这样起义就有效了，孙权就比较困难了。

然而禹绩之难复，也就像少康不足以承担一样。他只是夺回了禹的社稷——我们又可以看出，这是周人的改造了，已经很难知道少康到底是什么样子。但恶人必须除尽，这叫大义凛然。诸葛亮也信这一点。这其实是一种传承感，就像隔代的继承，必须要承担这种因果似的。

于是中华民族或多或少有这个东西，几乎是渗进血液里的德。夏朝也因此笼罩了神秘性，不只是司马迁所说的那么"政忠"的（《史记·高祖本纪》）。但人间也只有这种秩序，尤其是在中国。夏商周的秩序因此确立了起来，不管是从神话还是历史的角度说，这都是正统。至于有多少旁枝，可以大笔一挥不讲了。

从此就有了"天子"的世系。

诗歌里的神话

奉和圣制龙池篇

唐·崔日用

龙兴白水汉兴符①,圣主时乘运斗枢②。
岸上苇茸③五花树,波中的皪④千金珠。
操环昔闻迎夏启⑤,发匣先来瑞有虞⑥。
风色云光随隐见,赤云神化象江湖。

崔日用(673—722),滑州灵昌(今河南滑县)人,出身博陵崔氏,进士出身。唐隆政变后,授黄门侍郎,封齐国公,任宰相。助唐玄宗诛杀太平公主集团,拜吏部尚书。后出为常州、汝州刺史,改任并州长史。开元十年(722年)卒,赠吏部尚书、荆州大都督。

诗歌里的中国

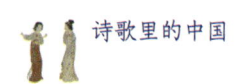

主旨

此诗赞美了当时的君主以及国家的繁荣，也表达了诗人对国家的美好祝愿。

注释

① 龙兴白水汉兴符：龙从白水中兴起，汉是有符运的。
② 圣主时乘运斗枢：我朝的皇帝可以扭转乾坤。斗枢，泛指北斗七星，历来指权柄。
③ 芊茸：草木茂盛貌。芊，音 fēng。
④ 的砾：光亮、鲜明貌。砾，音 lì。
⑤ 操环昔闻迎夏启：《山海经·海外西经》："（夏后启）乘两龙，云盖三层。左手操翳，右手操环，佩玉璜。"
⑥ 发匣先来瑞有虞：《春秋运斗枢》："舜以太尉受号，即位为天子。……黄龙五彩负图出，置舜前。图以黄玉为匣，如柜……黄金绳之，为泥封，两端章曰'天，黄帝符玺'五字。"

诗里诗外

"奉和圣制"是古诗里常用的体制。皇帝即兴点题，臣子便

诗歌里的神话

"奉和圣制",犹如新年联欢会一样。这种诗体,想要作得好也难。我们知道有一首著名的《奉和圣制从蓬莱向兴庆阁道中留春雨中春望之作应制》:

> 渭水自萦秦塞曲,黄山旧绕汉宫斜。
> 銮舆迥出千门柳,阁道回看上苑花。
> 云里帝城双凤阙,雨中春树万人家。
> 为乘阳气行时令,不是宸游玩物华。

此诗是歌功颂德之作,又有提醒之意,故写出了清新之感。这是王维的大作,别人能不能写得出来,真得看个人才华了。奉命之作难出精,这也是常事。

八股文其实也是一种奉命之作,所谓"制艺",那种火候,更是要讲究地道的起承转合。我们看范进中举那种疯狂,但在"制艺"上,又是规规矩矩了,即便是周进、魏好古之流,他们也不敢写太越轨的文字,这是"考试专用文体",不能过度发挥的。唐伯虎尤其讨厌"制艺",他就钻研了几年,然后就去考试了,还得了个"解元",也就是比"举人"还有名头。

自古以来奉命作文,都是难事。写作者要写得像模像样,但等于一句话没讲,或者说只讲一点点,说些无伤大雅的道理,不太会伤到体面。这个度怎么把握,真是各人有各人的操笔办法。学生时代的奉命作文,是语文试卷上的"作文"题,有时候又分"大作文""小作文"。讲得多了呢,这叫有失卷面体面,讲少了也不行,这叫不解题意。这不是奉命作文吗?可见自古至今,作文总

诗歌里的中国

离不了"奉命"二字。

而"自由作文"是什么呢?直抒胸臆,想写到哪写到哪,这只有意识流小说才有了,或者说一些无题诗,这是多么珍贵的东西。

商汤神话

传说 //

殷朝的祖先也有一个神奇的传说。帝喾有一个妻子叫简狄,是有娀氏的女儿。有一天,飞来一只燕子,她飞扑这只燕子,用一个筐盖住它。待她打开筐来一看,燕子忽地飞走了,留下一颗小小的蛋。简狄没有多想,就让厨子烹饪出来,吃掉了。不久简狄怀孕了,怀孕不久就生了一个男孩子,这就是殷的始祖契(xiè)。

关于契的记载很少,我们只知道他做过舜帝时掌管教育的官,封在商这个地方,于是他的部落就叫作商。这支商的民族绵延下来,到成汤七世祖左右的时候,有一个人叫王亥。王亥是一个放牧专家,他养着膘肥体壮的牛羊,在当地十分富有。那时还有一个叫有易的部落,听说王亥是个放牧专家,便请求用他们出产的金属、绢子等各种用品,交换他们的牛羊。王亥同意了,便和弟弟王恒挑选精壮的马匹牛羊,浩浩荡荡向有易而去。

在那里，他们却陷入了一场纠纷。王亥的弟弟王恒和有易部落的王后好上了，然而王后却不满足，她觉得太容易到手的情人是没有意思的，便属意耿直的王亥。终于一来二去，她勾搭上了王亥。王亥也沉浸在热恋中，不知王恒已经妒忌上他了。王后也有一个旧情人，就在青年卫队中。这个青年卫士和王恒结成了暂时同盟，都视王亥为眼中钉。终于在一个月黑风高之夜，他们决定除掉王亥。青年卫士持着斧子，走进了王亥的大帐。王亥此时正在睡觉。他怒从心头起，恶向胆边生，持斧子就对着王亥的头用力地砍下去。王亥瞬间身首异处。帐外顿时大叫"杀人啦"。有易的王这时还被蒙在鼓里。等人把事情上报给他，他气得头眼发昏，最后决定把王恒赶出有易部落，所有财物一概没收。

王恒灰溜溜地回到部落。他没有把真相报告给族人，只说有易部落的人杀了王亥，占了财物。族人纷纷义愤，要求王恒夺回财物，为王亥报仇。王恒不敢把事闹大，又结集了一支军队，浩浩荡荡地向有易开去，要求归还财物。有易的王知道强人不好惹，便依价奉还。商人的财富恢复了，王恒却不愿回到部落，他觉得在那里做个寓公比回去做王好多了，便在那里留了下来。

商人见王恒久久不归，以为又出了变故，便拥立王恒的儿子上甲微为王。他们把上甲微奉为军队统帅，军队又向有易开去（那些跟随王恒的人见王恒久寓不归，早从有易回到了商，只有几个随从还跟着王恒），这次这些人是去打仗的。有易部落的王哪见过这种阵势，匆匆忙忙组织了一支军队，然而哪里经得住上甲微大军的突袭，于是城破。上甲微在人群中寻找王恒，哪知道王恒早被愤怒的有易人杀死了。上甲微悲痛万分，便纵兵大肆抢掠、奸淫、杀戮，很快有易便尸横遍野，只剩下一些赢民，据说这些人是秦朝的祖先。

诗歌里的神话

上甲微战胜得归，从此殷民族壮大了起来。他和王亥、王恒一起被殷人奉为世祖，世世供奉，尤其是王亥，更被奉为高祖，祭祀尤其隆重。

后七世而有成汤。成汤是一个贤王，他很有仁慈心，据说打猎的时候，他一定要让网张开三面，并且唱道："以前蜘蛛结网，今天人学它的榜样（我不像这样）。你们想左就向左，想右就向右，想高飞就高飞，想低翔就低翔，就是不要触到我的网里来啊！"他这样的仁声，很快就声名远播。许多小部落的王都听到他的仁声，于是纷纷来归顺。这也传到了夏桀的耳朵里。有人向他进谏，说汤王这样做是在收买人心，应该把他囚禁起来。于是夏桀把汤召到京师，将他关在了夏台的重泉。那是一个地下水牢，就像周文王被囚禁在羑里一样。商汤的臣子也集中了一些金银财宝，送到夏台交给夏桀。这与六百年后周文王的臣子救周文王如出一辙，可能真是历史的巧合吧！但夏王还是把他给放了，不知道这是放虎归山，说还是不在意这事儿。

商汤回到部落之后，便加紧了攻夏的打算。正好在这时，夏攻破了岷山，岷山氏眼看要灭国了，便献出了两个美女，一个叫琬，一个叫琰，用以赎国之罪。夏桀得到这两个美女，便把原来宠爱的妹喜冷落了。妹喜原来与商汤的臣子伊尹有一段交情，她愤恨夏桀的反复无常，便去暗中联系伊尹，让伊尹做了夏朝的间谍，将许多机要情报都告诉了他。商汤掌握了大量夏朝的情况，更加抓紧攻夏的步伐。

于是汤王开始征夏。由先前归顺的费昌驾着长车，成汤双手持着板斧，伊尹也跟在身边。他们先征服了依附夏桀的韦、顾、昆吾三个小国，然后攻向夏桀。

夏桀也慌了神，他赶紧来祭天，用鸿鹄的羹、玉铉的鼎，去求天帝保佑，然而却没有用。他又吃了一次败仗。有一个叫夏耕的大将与成汤交战，只一回合便丢了脑袋，于是逃到深山中，谓之夏耕之尸。

诗歌里的中国

这也是很神奇的存在了，大约是效仿刑天，有时候神话也会互相模仿。然而夏桀再也没有兵可用了。商汤的军队打到了夏的京城。他们正在攻打的时候，有一个神跑来对汤王说："天帝命我来助你作战。如今城里已经乱了，你赶快攻城，我助你打胜仗。你看见城的西北角烧起来，就往那里进攻。"汤王觉得那个人是火神祝融。一会儿，果然有人进来报告说："城的西北角烧起来了！"汤王走出营帐一看，西北角的城池已在一片火海中。于是汤王抓紧攻城，很快就将城池攻破了。

夏桀往南逃去，在鸣条又与商汤打了最后一仗，几乎全军覆没。夏桀只好带着残兵和妃子往更南边赶去。据说他们来到了巢湖，从此就被流放在那里，郁郁而终，临死前还愤愤地说："后悔没有把成汤杀死在夏台啊！"

然而商汤这个王做得也并不开心，可能是因为杀戮太重，上天降下大旱，一直旱了七年，江河枯涸，生灵涂炭。汤王命人占卜此事，卜象云："要有人作牺牲，才能下雨。"汤王道："求雨是为了人，若一定要拿人作牺牲，还是让我来吧。"他决定为民请命，亲自祭天，也就是自己烧了自己。

王者说话是不能不算数的。商王果然亲自燔祭了自己，他搭了一座祭天台，身上披着容易点着的白茅，站在台的最高处。周围一片肃穆，人们都想看商王是怎么献祭自己的，他能不能说到做到，因为若不这样的话，那还是有几个人牺要死去，抑或是几十个、几百个。这就是商朝的现实，然而在初期的时候似乎还不是太明显。王的执事点燃了下面的柴堆，火苗一簇簇地往上蹿，眼见就要烧着白茅了。正在这个时候，也许是诚感动天，天上下起瓢泼大雨来。雷声轰轰，响彻天空。雨点朝商王身上打下来，浇灭了柴堆下的火。他紧皱的眉头舒展了。人们把他扶下来，一同至诚感谢上天。

一七二

诗歌里的神话

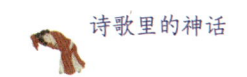

这就是商王祭天的故事。从此才有了成汤六百年的江山。

影响

　　商汤这个人是不太好评说的。他开启了一个鬼蜮政治的典型，尽管他自己人格很伟岸。有商一代都是鬼气拂拂的，为了平息上天的震怒，一概用人牲来献祭，殊不知这本身就是触天怒的。这是原始时代祭祀的遗留，我们不知道怎么又到商朝复活的，夏朝也似乎没有许多这样的痕迹。或许是史料不够？夏朝难道更残酷？

　　据说印第安人是商朝人的后代。我们看梅尔·吉布森拍的《启示》，那是阿兹特克人的人牲献祭，残酷得简直如鬼蜮世界，然而这却是他们的常态。传说西班牙人进阿兹特克大城，走过他们的祭天台，那种血腥味扑鼻而来。这也是商王朝的遗留吗？居然遗留到了十五世纪！

　　这种遗留在我国古代也有些遗迹，比如说西门豹禁止河伯娶妇，就是战国时候的一场闹剧，孔子时代仍然有人牲祭者，电影《孔子》里已经表现出来了。那是多么残酷的历史现实！所以孔子要提倡"仁"，它首先是针对人的生命而言的，或者叫"人道主义"吧！这确实是商王朝所缺乏的一种德，周德确实胜于商德！

　　但有些历史痕迹也被掩埋了。据说周公旦制礼作乐，由于为消除殷商之弊，废弃了太多殷朝的东西，一些奇丽的幻想层面，就此不在文化中体现了（只有楚文化保留了一些）。这就是历史的遗憾！直到今天依然有影响。

　　成汤之德也是伟大的，只是太难继承。

曳鼎歌

唐·武则天

羲农①首出,轩昊膺期②。
唐虞继踵,汤禹乘时。
天下光宅③,海内雍熙。
上玄降鉴④,方建隆基⑤。

武则天(624—705),名曌,并州文水(今山西文水县)人,太宗时被封为才人,太宗崩后为尼,高宗复立入宫,后为皇后。高宗崩后,临朝称制,废中宗,自立为帝,改号曰周。中宗恢复唐朝后,改称其"则天大圣皇帝",后谥"则天顺圣皇后",世称武则天。

诗歌里的神话

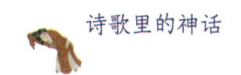

主旨

此为武则天亲撰的鼎文,有气魄雄壮之感。

注释

①羲农:伏羲氏和神农氏,上古圣人。
②轩昊膺期:黄帝与少昊受天命为帝王。轩昊,轩是轩辕,指黄帝,昊是少昊。膺期,继承统治地位。
③天下光宅:天下都是很光明的样子。光宅,光明的府第,这是以天下比喻家。
④上玄降鉴:上天降下旨意。上玄,上天。
⑤方建隆基:才能建成这样伟大的基业啊!隆基,伟大的基业。

诗里诗外

武则天其实是个伟大的诗人,她写了不少有宏大气象的诗,不过一般诗词选本里很少见到。如这一首《唐享昊天乐》(其二):"瞻紫极,望玄穹。翘至恳,罄深衷。听虽远,诚必通。垂厚泽,降云宫。"这不是仙人写不出来,李白也要甘拜下风。再如这一首《制袍字赐狄仁杰》:"敷政术,守清勤。升显位,励相臣。"这才是真正的盛唐之音!她写情诗也不含糊,如那首著名的《如意娘》:"看朱成碧思纷纷,憔悴支离为忆君。不信比来长下泪,开箱验取石榴裙。"

诗歌里的中国

　　如果这种气象流传下来，比如说李隆基能继承，唐朝就不是这个样子了。这就是因缘劫数，历史把你推到了那个地方，你却始终差一把劲，而造成了千古的遗憾。

　　这就是历史的玄机，我们今天也只有凭吊而已。

伊尹事迹

传说 //

跟许多著名人物一样,伊尹的出生也是很传奇的。他母亲怀他的时候,有一天梦到神人告诉她,家里的舂米臼如果出水了,就得往东走,千万勿回头看。有一天舂米臼果然出水了。她立即收拾行囊往东走。邻居看见了,问她为什么这样,她也答不出个所以然来,只说神人要求这样。邻居有相信的,也跟着她往东匆匆疾走,不相信的就留在原地。她走了不下十里,心里想:神人为什么这样说呢?就忍不住回头看了一眼,只见洪水滔天,淹没了整个村庄。然而正在这时,她的身子僵了,她变成了一株桑树。她挡在洪水面前,止住了这滔滔的洪水。她就作为一棵怀孕的老桑树,生下了伊尹。人们发现伊尹在空桑里,也不知道谁生下了他,以为是一个遗弃之子,于是便把他取名为伊尹。大约他小时候并不叫这个名字,因为"尹"是他后来的官职,"伊水"却是他的出生之地，那个地方叫作有莘国。

　　有莘国是一个很小的部落。伊尹在有莘国的宫廷里长大。不知道他学了些什么，总之是学成了一个圣人。《孟子》里说："伊尹耕于有莘之野，而乐尧舜之道焉。非其义也，非其道也，禄之以天下，弗顾也；系马千驷，弗视也。非其义也，非其道也，一介不以与人，一介不以取诸人。汤使人以币聘之，嚣嚣然曰：'我何以汤之聘币为哉？我岂若处畎亩之中，由是以乐尧舜之道哉？'汤三使往聘之，既而幡然改曰：'与我处畎亩之中，由是以乐尧舜之道，吾岂若使是君为尧舜之君哉？吾岂若使是民为尧舜之民哉？吾岂若于吾身亲见之哉？'"他本来不想去出仕的，只是在田野里独自喜欢"尧舜之道"——当然这可能只是孟子的附会，伊尹未必行的是"尧舜之道"——然而"尧舜之道"是什么呢？是一种"心法"吗？因为只有一种"心法"才有可能让人独自乐之。汤王来找他，厚重的币帛，他视而不见，他认为这是"非其义"的，"非其道"的。但几次三番，他就有点动心了，可找的理由却是，把这道推广到天下。这是孟子给的正统解释，伊尹的出仕，儒家历来就这么解释着。他好像不是一个求职者，或者说不像其他求职者那样"但愿一识韩荆州"，求一个推荐。所谓"士之高风"，也就这样来的。其实未必是如此。

　　从记载来看，伊尹那时可能真就是一个求职者，有莘国嫁女的时候，把他送了去。连这一点也是有附会的，说是汤王闻有莘有圣人，名伊尹，欲求而不得，于是托名好女，让有莘王顺便将伊尹送过来。也就是说走一条婚姻路线，这样美女和贤人不是都得了吗？这是一个中流的解释，两者都顾及了。于是他也就作为有莘的陪嫁跟了去。汤王终于得到了他，与之谈，大悟，成就一代贤君云。

诗歌里的神话

其实还有一个解释，是伊尹自己毛遂自荐的。他背了一口鼎，跑到汤王面前，就用鼎来说起为政之道来。这种场面也委实奇怪。实际的情况可能是这样：伊尹确实久有投商王之心，在有莘嫁女的时候，他就毛遂自荐做了陪嫁，然后去的时候，以烹饪之道来"干汤"。这很像一个求职者的心态。

所谓以滋味来说汤，可能是真的。因为有一条"和"之道，确实跟味道有关。所谓"五味协调而进于礼"，这种理论是日用而不知，这说不定就传承自伊尹。做饭的都说伊尹是祖师爷，就像祖述尧舜一样，就是明证。然而这条道路也隐晦了。因为伊尹这条道实在不太好把握。

为什么这么说呢？因为伊尹先前还承事于夏桀。这种事情不好说是怎么一回事。他是先承事的夏桀呢，还是先承事的汤呢？抑或是先在汤那，觉得不受重用，又到夏桀那里去了呢？也就是说，他是二主之臣，这在后来的封建道德看来是很忌讳的。如果他是先在汤那，后来又转投夏桀，再转投回汤，这就更加难以敷衍过去。然而这样一种历史传说貌似是真的，所以伊尹被称为"圣之任者"，这是孟子对其的封号。

这"圣之任者"是不好做的。历史上有为其打圆谎的。比如柳宗元就写过《伊尹五就桀赞》："恶，是吾所以见伊尹之大者也。彼伊尹，圣人也。圣人出于天下，不夏商其心，心乎生民而已。……退而思曰：'汤诚仁，其功迟；桀诚不仁，朝吾从而暮及于天下可也。'于是就桀。桀果不可得，反而从汤。既而又思曰：'尚可十一乎？使斯人蚤被其泽也。'又往就桀。桀不可，而又从汤。以至于百一、千一、万一，卒不可，乃相汤伐桀。俾汤为尧舜，而人为尧舜之人，是吾所以见伊尹之大者也。仁至于汤矣，四去之；不仁至于桀矣，五就之。大人之欲速其功如此。

不然，汤桀之辨，一恒人尽之矣，又奚以憧憧圣人之足观乎？"这是一种文人的说法，即便是在上古时代，政治也没有那么随便吧。伊尹之反复，应该也就一两次。

但伊尹也做过激烈的思想斗争："我到底属于谁呢？"传说他在夏的时候，有一天听到一段乐歌，是这样唱的："何不归回亳？何不归回亳？亳也是伟大的。"又有一天，他又听到一段："醒来吧，醒来吧，我的命运定了，离开不善，去走向善，有什么不快乐的？"（见《尚书大传》）仿佛为他所唱一般。他听到了这两段乐曲，像是吃下一颗定心丸，于是下定决心，要回去汤王那里了，从此就没有再变过。

不过伊尹干的最有名的一件事情还不是"干汤"，而是"放太甲"。史书上记载，汤去世之后，太子太丁还没立就死了，于是立了太丁的弟弟外丙，是为帝外丙，外丙在位三年，也去世了，立外丙的弟弟仲壬，是为帝仲壬，仲壬在位四年，又去世了，于是立了太丁的儿子太甲，太甲是成汤的孙子。《史记》载："帝太甲既立三年，不明，暴虐，不遵汤法，乱德，于是伊尹放之于桐宫。"他一共被流放了三年，在这三年里伊尹都是监国。太甲悔过了，"于是伊尹乃迎帝太甲而授之政。帝太甲修德，诸侯咸归殷，百姓以宁。伊尹嘉之，乃作《太甲训》三篇，褒帝太甲，称太宗"。伊尹当了五位君主的宰辅，实可谓惊人的政治能量。殷朝的初政都是由伊尹制定的，恐怕根本没成汤什么事，只是一个赞礼的君主而已。这才是理想的君臣政治，历代儒家最崇尚的就是这个。然而伊尹还是让贤了，"太甲好了，我就还政于他，我要尽人臣的本分"。

这就是伊尹一生的事迹。

诗歌里的神话

影响

伊尹这个人太难评价了。如果依后世的封建道德,他简直是贰臣之祖,简直谈不上什么圣君贤相。因为他犯了两过,事商汤的时候,投了夏桀;事商汤子孙的时候,又做了贰臣,流放了自己的君主,简直是大逆不道之尤者。谁愿意接受这样一个人呢?只有奸臣了,他们往往要托伊尹以行义,而孟子就说:"有伊尹之志,则可;无伊尹之志,则篡也。"这是实在没有说辞了才做的一种圆场的补救,但于孟子而言也不好说,说不定他就想做伊尹式的人物,"闻诛一夫纣矣,未闻弑君也"。但是一定得是伊尹之志才行。所以孟子终身不事君,只"说"(shuì)来"说"去的,因为他知道,他要是侍奉了君主,他就做不了这个"小伊尹"了。

或者说,伊尹也只是一个标杆式的人物。他为儒家提供了一种理想,或者说一种幻想,但他们从来不说出来:我可以选择君主,我也可以流放君主。这是儒家志士的终极理想。然而往往只有奸臣能实现,他们都在行伊尹的故实。忠臣没有敢这么做的。因为既然谓之忠矣,怎么可能再事二主呢?怎么可能流放君主呢?这是多么大的负荷量!事实上根本没有可行性,这种事情也只有在上古,君臣之义还不太明显的时候,这才有可能见之一二。这就是说伊尹的唯一性,不可复制。

这就是君主专制社会的另一面,即使你没有所谓伊尹之志,只要实力够了,你就可以做伊尹。也算对王权的一个反击。士人也只有这一条活路,那时可不是什么民主社会,弄不好要杀头的,被杀头的也不在少数。只有曹操是个幸运者,但他也没有完全学习伊尹,他始终不敢迈伊尹那放逐君主的关键一步,却授意儿子这么做,也真是奸到了极致。

然而"伊尹"得不够水平,也就自己遭殃了。想要代君自立者也不在少数,都说自己是伊尹,也不管君是不是真有过失。这也是一种历史的反动,比如说董卓就吃了大亏。

这也是"成则伊尹败则篡"的把戏,没有什么"志"不"志"的。这是历史的公平性。

就这样更替了许多人物,有忠的,也有奸的,或许弄出一个小尧舜来,比如说唐宣宗。这是历史的机遇。

那些行伊尹者往往是历史的变数,所谓别人干不了的事我来干,赴汤蹈火,所谓刀尖上过生活,也是身不由己。曹操就一辈子担惊受怕,魏文帝也怕报复,太监们更是噤若寒蝉。

最好不要有伊尹,当然也最好不要有皇帝了。

诗歌里的神话

召拜御史大夫赠袁天纲

唐·杜淹

伊吕①深可慕,松乔定是虚②。
系风终不得③,脱屣欲安如④。
且珍纨素美⑤,当与薜萝⑥疏。
既逢杨得意⑦,非复久闲居。

杜淹(?—628),字执礼,京兆杜陵(今陕西西安长安区)人,出身京兆杜氏,隋朝时任御史中丞。隋亡,效力于王世充,授吏部尚书。降李世民,授天策府兵曹参军。唐太宗时曾任宰相。

主旨

此为诗人为感谢袁天纲指点而作,也表达了诗人对其的敬慕之情。

注释

① 伊吕:伊尹与吕尚,都是贤士,这是比喻袁天纲。

② 松乔定是虚:那些神仙一定不是真实存在的。松乔,赤松子、王子乔,都是神仙。

③ 系风终不得:虚构之事终究是做不到的。

④ 脱屣欲安如:把事情看得淡些,想要更加安定。脱屣,比喻看得轻,无所留恋。

⑤ 且珍纨素美:纯洁的道德还是要保存啊!纨素,白色的绸缎,喻德高。

⑥ 薜萝:薜荔和女萝,野生植物,指隐士的服饰。这里指隐士的身份。

⑦ 杨得意:汉武帝的狗监,掌管猎狗,曾举荐司马相如。这里比喻袁天纲。

诗里诗外

袁天纲是个奇人。不是说他是一个风水大师,相术有多高,这样的人还是很多的;而是说他能看到每个官员的格局。星运界人士都知道格局不高不能算贵人,那他格局有多高也就可想而知了。

他还能算到自己也是奇事,这就比郭璞强多了。没有自知之

诗歌里的神话

明的星算师也多，但他们往往自身不保。袁天纲能提前预知灾祸而离开朝廷，丝毫不恋栈。须知荣华富贵的诱惑力是极大的，而他只想当一个火井县县令，虽说这也是算过的，但他能一生坚持这个也不容易。

据说《推背图》是袁天纲和李淳风一起写的。袁天纲让李淳风不要泄露太多天机，这就高出李淳风一筹。他简直是大师中的大师。这种人在古代就是科学家，那时候，玄学与科学往往是不分的，也就奇人辈出。虽然没有发展出科学也是个遗憾，安知是不是别有洞天，通到什么异域的神仙洞府？然而这些科学家有自知之明，世间人也防得紧，统治者往往将这些人养在朝廷，不作他用，就是怕他们泄露太多天机，扰乱了天常吧。

第
五
辑

周室神话

周之兴起

传说 //

周民族的祖先后稷是个弃儿。他母亲是帝喾的妃子,是有邰氏的女儿,名叫姜嫄。有一天姜嫄到郊外游玩,在回来的路上,发现路边有一个很大的足迹。这是巨人的足迹。她顽皮地把脚踏上去,想试试这个足迹的深浅。但刚踏到大脚趾的时候,她的心仿佛受了触动,猛地一震,回来后不久,就怀孕了。等到临产的时候,她生下来一个巨大的肉球,就像初生的小羊一样。她觉得很沮丧:就算是天降其子,也得生个正常的婴儿,怎么能是这样呢?姜嫄打算弃掉这个孩子,但不知道扔到哪里。第一次她把他扔在了一个隘巷里,也就是一个狭窄的巷子。牛羊经过这个孩子时,都尽量不踩着他。姜嫄感到很奇怪:"那我把他扔到山林里吧。"可是来到山林,她看到一群人在砍伐树木,根本不可能把肉球扔在那里。她回来的时候,来到一条河边,河上结了

诗歌里的中国

冰,"那我把这东西扔在河面上吧"。她狠了狠心,把肉球放在了冰面上,马上走开。这时飞来一只大鸟,盘旋下来,停在肉球旁边,用鸟翅护住这个肉球。"大约他是神人之子吧。"姜嫄想,"那我就收养了这个怪物吧。"她很不情愿地走上前,大鸟一见,嘎的一声就飞走了。姜嫄小心翼翼地拨开肉球,只见这是一个相貌奇特的婴儿,但也是正常人的孩子,没有什么奇怪的地方,便放下了心,为这个孩子取名为"弃",意为抛弃过的意思。弃很小的时候就喜欢农艺,当他成为周民族祖先的时候,周民族的人都叫他"后稷"。

后稷年轻的时候就很擅长农业实验。他制造了一些新的农具,让渔猎的人有了对农业的盼头。帝尧得知后,觉得这个年轻人很有才华,便将后稷召到帝廷,让他当了农师。后来舜继位的时候,觉得这种事业可以扩大,便将有邰这一块地方封给了后稷,成为他的农业试验田。

据说后稷还到过天上,收集了一些天上的植物种子,带到下界,丰富了农作物的种类。农业变得丰产起来。

后稷死后被葬在都广之野,那时候还没有绝地天通,"天梯"建木就位于都广之野。

后稷有一个后代叫公刘,公刘生活在戎狄地区。因为已经废职好几代了,公刘便重新经营起后稷的事业来。他致力耕种,根据土地的实际情况决定种什么东西。从漆水、沮水渡过渭水,砍伐木材而使用,于是外出的人有资财,在家的人有积蓄,人民靠着他而过上好日子。百姓很感激他,纷纷迁徙来归顺他,这就是周朝的兴国之始。

公刘之后有古公亶父。古公亶父重新经营后稷、公刘的事业,积德行义,受到众人拥戴。熏育等戎狄部族来攻打,欲得其财,古公亶父便把财物给他们。不久熏育又来攻打,想得到土地和人民。古公亶

一九〇

诗歌里的神话

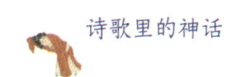

父道:"人民拥戴君主,是要让他们获利。现在戎狄来攻打,是要获得土地和人民。被我统治和被戎狄人统治有什么区别呢?人民因为我去打仗,我要牺牲别人的亲人来获取君长之位,这是我不忍心的。"于是古公亶父带领部落离开豳,渡过漆水、沮水,翻过梁山,来到岐山脚下。豳人扶老携幼,跟着他走了。从此周族在岐山脚下定居下来,此地也叫西岐。

著名的西伯昌是古公的孙子。他是一个积德行善的好人,周围的人都归顺他。后来纣王越发无道,杀了鬼侯和鄂侯,西伯听到了,知道劝谏无益,只是暗中叹息了几声。然而不知道为什么,他暗中的叹息被奸臣崇侯虎听到了,向纣王报告,说是西伯暗中结仁义,这次又唉声叹气,怕是要不利于纣王啊!纣王大怒,便把西伯抓了起来,囚禁在羑里。那是一个阴湿潮闷的监狱,西伯在那里画出了六十四卦,人都道他疯了,才搞这些奇奇怪怪的东西。

纣王想测试一下他是不是真的疯了,或者说是不是真是一个圣人。正好那时西伯的长子伯邑考入京,请求以身赎父,其实是把自己交出去了。然而不幸的是,这刚好成为一块试金石。谁也想不到纣王竟如此残忍,生生把伯邑考剁成肉酱,做成馅饼,让人送给西伯,说是纣王亲赐之食。西伯接受赐食的时候已明白了,这是难以忍受的悲痛,但如果不吃,自己马上要身首异处了。于是西伯强忍着剧痛,吃下了纣王派人送来的吃食。使者见状,知道西伯真的疯了,便去向纣王报告。纣王放下了一颗心:这算什么圣人啊,看来也是虚假的。这时,西岐的使臣也来到了王庭,他们带来了有莘氏的美女,骊戎的彩色骏马,有熊的九辆马车,以及其他奇珍异宝,通过宠臣费仲献给纣王。纣王高兴地说:"这些东西中的一样都足以让我释放西伯,何况有这么多呢！"纣王于是释放了西伯，并告诉他："我本来也无意为难你，但崇侯虎说你有奸谋，于是就抓了你来。"

经过这一番摧残，西伯像是老了很多岁，不再是那个行仁义的西伯侯了。他终于兴起了反商的心，这第一件大事，便是去求贤人。那位叫姜尚的贤人已经等他很久了。终于有一天，西伯将姜尚迎了回来，姜尚成为他的第一谋臣，是谓"师尚父"。不久，西岐攻灭了许多小国，打好了基础，纣王也不过问。纣王给了西伯节钺，这是可以专伐诸侯的凭证。所以不知道纣王是什么心，仿佛一意要培养西伯的羽翼似的。于是西伯攻灭了崇侯虎，从此西岐势力壮大起来。

影响

西伯（周文王）的影响是很大的。他在羑里画出的六十四卦，就成为改变民族智慧的经典《周易》。历代研究《周易》者不计其数，其发端者便是周文王。

他还确立了一个政治传统，即不反天子，至少不明面上去反对他，这就成为一个人的护身符，让许多奸臣都足以护持自己，以达到自己的目的。最有名的就是曹操。《魏氏春秋》上说："夏侯惇谓王曰：'天下咸知汉祚已尽，异代方起。自古已来，能除民害，为百姓所归者，即民主也。今殿下即戎三十余年，功德著于黎庶，为天下所依归。应天顺民，复何疑哉？'王曰：'施于有政，是亦为政，若天命在吾，吾为周文王矣。'"后来曹丕果代了汉祚，曹操也就真成了周文王了，所谓"魏武帝"是追谥的，他身前并

诗歌里的神话

未有帝号加身。最接近的一次即是"加九锡称魏王",变成了仅次于皇的最后一步了。这种"挂羊头卖狗肉"的政治智慧,事实上是真有效果的,曹操无论如何不能称为篡臣,和朱温之流上不了一个传记,然而终究成了"帝纪"之一体。曹操算不算皇帝是不好说的,这其实也是周文王的遗风了。

他还确立了一种悲情政治的风范。据《帝王世纪》记载:"纣既囚文王,文王长子曰伯邑考,质于殷,为纣御,纣烹以为羹,赐文王,曰:'圣人当不食其子羹。'文王得而食之。纣曰:'谁谓西伯圣者?食其子羹,尚不知也。'"这就是以一种政治上的考验,去摧残一个人的灵魂,若是过得去,他的灵魂也毁了,若是过不去,也就杀却了。从此西伯不是圣人,后代儒家也不必过于抬高。西伯食子也许是小说家言,但对其尊重而避讳不言也是传统了,司马迁虽然没写,采择的材料里未必没有。但西伯的悲情政治风算是钉在了那里,也就掩去了人们对他篡权的谴责(不篡也是篡,他毕竟是武王的父亲)。然而后世也忍辱负重,比如说司马懿也学过那种风范,越王勾践更是其中的佼佼者。

他还是仁德的真正起源。虽说帝尧、帝舜行仁于天下,但古代神话的传说不及现实政治的磨炼,儒家就把他奉为标本,在现实政治中淬炼自己。有一次孔子学琴,几次三番地要弹同一首曲子,他最后终于进入了那首曲子的境界:"丘得其为人,黯然而黑,几然而长,眼如望羊,如王四国,非文王其谁能为此也!"师襄子辟席再拜,曰:"师盖云《文王操》也。"这是文王的真实形象,孔子就这样自己臆造出来了,可见圣人之心都是相通的。

周文王的德风,就这样印在了中国人的心灵中,千古不灭。

依韵修睦上人山居十首（其九）

唐·李咸用

太玄①太易②小窗明，古义寻来醉复醒。
西伯纵逢头已白，步兵如在眼应青③。
寒猿断后云为槛④，宿鸟惊时月满庭⑤。
此景得闲闲去得⑥，人间无事不曾经⑦。

李咸用，生卒年不详，唐懿宗咸通末前后应在世，工诗，应举久不第，因唐末乱离，避居庐山等地，有《唐李推官披沙集》。

诗歌里的神话

主旨

此诗写奥义之难明，不如鉴赏一庭风月。

注释

① 太玄：《太玄经》，汉朝扬雄拟《周易》所作。《后汉书·张衡传》："吾观《太玄》，方知子云妙极道数，乃与《五经》相拟，非徒传记之属。"

② 太易：指《易经》。

③ 步兵如在眼应青：传说阮籍能作青白眼，视人佳，即以青目视之。步兵，阮籍曾为步兵校尉。

④ 寒猿断后云为槛：寒猿的叫声过后，白云就像栏杆一样层层叠叠。

⑤ 宿鸟惊时月满庭：栖宿之鸟惊起时，庭中一片月华。

⑥ 此景得闲闲去得：此景虽闲，但要抛掉闲情方能欣赏。

⑦ 人间无事不曾经：因为我经过人间的变幻啊！

诗里诗外

人说"闲坐小窗读周易，不知春去几多时"，这是说读《周易》的痴迷，因为它有独特的逻辑。传说李淳风推算《推背图》推算到痴迷，竟推算至2000年后，直到袁天纲推了他的背，方才停止。

这就是一种专业精神，为他人所不及。

然而《周易》为什么那么引人入胜呢？因为它是"相"里的事，却用"非相"的方式表达，这就很有意趣了。而万法皆空，一"相"可以生万"相"，这就不好说能变出什么东西来，然而却有个规矩，八卦各有统类，变到别的地方去也是不对的，比如说"天"不能变成"地"，那就天地错乱了，所以说变"相"亦有限。

然而到了现世呢？"八卦"估计根本就不够用，如文王演《周易》，变成六十四卦，也早已捉襟见肘了。现在有用三叠卦的，即把"天泽火雷风水山地"再乘上一次，变成五百一十二卦，这大约可以够现代社会之用了。然而卦辞呢？要多么简约才能达到这种凝练度？所以说写《周易》也难，或者说写"今易"更难，却有人发明出了这一套方法，只说仍然用《周易》旧法，家宝不可外泄，所以学术不能进步。"易"道也不知道发展成什么样了，只好大观其势而已。

武王伐纣

传说 //

《史记》上这样描述商纣王:"帝纣资辨捷疾,闻见甚敏;材力过人,手格猛兽。知足以距谏,言足以饰非。矜人臣以能,高天下以声,以为皆出己之下。"他的口才好,反应很快,行动迅速,气力过人,可以徒手与猛兽格斗,他的才华刚好可以拒绝劝谏,说的话正好用来掩饰自己的过失,凭着才能在大臣面前夸耀,凭着声威到处抬高自己,以为全天下都不如自己,纣就是这样一个人。传说纣还给自己起了一个称号,叫"天王",也不管老天是不是满意,会不会降下惩罚来。传说纣王去祭女娲时题淫诗可能是真的,一个从来不尊敬神明的王,是不会得到上天的庇佑的,然而他自己却不知道。此时殷朝已经衰微,大约是劫数,由殷纣来统治,结束它的运会,正此时也。

纣很讲究享受生活,像古代的许多贵族一样,不惜民力,做一些

诗歌里的中国

劳民伤财的事。纣用了七年时间，在京城朝歌筑了一座鹿台，《新序》上说："纣果为鹿台，七年而成，其大三里，高千尺，临望云雨。"这是一个极其豪华的建筑，《帝王世纪》上写道："纣果造倾宫，作琼室、瑶台，饰以美玉，七年乃成。"宫殿还要装扮成天宫的样子。至于天宫是不是有这些呢？那也只是凭人的想象罢了。这就是纣王的一个幻想，自称"天王"也是这个意思。然而他还不满足，又扩大了建筑，将民间抢掠来的美女、珠宝全部放进去，请来王公贵族，成日在宫苑里欢纵。纣王还建了一个大大的酒池，用真酒灌注其间，沁香扑鼻，醉人心魄，王公大臣也不用回家，住在宫苑里即可，到处挂上烤得沁香扑鼻的猪牛羊肉，饥饿时即可去取。许多人都玩得不亦乐乎，称纣王是圣明天子。

如果仅是这样也就罢了，纣之恐怖在于，乐则乐矣，却建立在别人的痛苦之上。他建了一座"炮格（烙）"台，许多忠臣志士都坠入炭中被烧死。而这时，纣王往往大乐。

对于忠臣的劝谏，纣王也是很不耐烦的，认为扰了他的雅兴。事实上很多人就被上了"炮格（烙）"之刑，落得个身死的下场。纣王的叔父比干看不过眼，就出面谏诤侄子，好言相劝。几次三番，纣王有点不耐烦了，便对比干说："听说圣人之心有七窍，叔父是圣人，借小侄来观一观吧。"之后就命人把比干剖心至死。

此外纣王杀的人不计其数。有厨师烹熊蹯不美，或者说火候不够，纣王即杀之。寒冷时节，一老父渡河，逡巡不欲进，纣王问左右，何以如此。左右说老父骨髓不实，故渡河逡巡。纣王来了兴致，便把老父捉来，用斧子砍下他的小腿，亲观其骨髓实也不实。小说中还写其皇后也遭其毒害，变成了盲人。

西伯昌的经历可谓典型了。鬼侯和鄂侯被害，西伯昌只是叹息了

诗歌里的神话

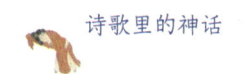

几声,崇侯虎知道了,便怂恿纣王将他抓了起来。西伯的臣子费了好大的功夫,搜集了美女、奇珍异宝,通过宠臣费仲将这些送予纣王,才将西伯赎出来。此时西伯已经心力交瘁,他的长子已经死在了纣王的虐待中,自己也被迫吞食了儿子的肉。此时的西伯已经非人了,再也不是那个慈眉善目的王侯,心中升起了复仇的火,他决定反商了。

奇怪的是,纣王赐予西伯专伐诸侯的节钺,似乎不知道他与西伯有深仇大恨似的。西伯攻灭了崇侯虎,趁机扩展了势力。更重要的是,此时他已经有了最重要的谋臣,在西岐钓鱼的姜子牙。姜子牙教给西伯许多方略,攻击小的国家,先不要与纣王为敌,保持臣子的姿态,并最终把都城迁到了丰地。就这样,西伯很好地骗过了纣王的耳目。"三分天下有其二,以服事殷。周之德,其可谓至德也已矣。"这是孔子对周文王的评价。终其一生,周文王都没有现出反相。

到武王的时候,时机终于成熟了。不久,武王即出兵伐纣,八百诸侯未经邀约也到孟津相会。然而姜尚看看天象,便对诸侯说:"纣恶未稔,时机未到。"大家便又立即退了回去。到纣杀比干,天怒人怨,此之谓纣恶已极,机不可失,姜尚即催促武王出兵。行之前武王找大卜占卜了一下,龟兆现出凶象。武王忧心忡忡,莫非天象有变?这次是不是依然要停止?这时姜尚出来打消了他的疑虑,他扫掉了龟甲,对武王说:"枯骨死草,何知吉凶!走吧!"这正合武王心意,于是他率领三军,浩浩荡荡向朝歌而来。

途中还发生了一件事。在洛邑停留的时候,有一天早上,不知从何处来了五个大夫模样的人,两骑士跟随,欲见武王。武王本不想见,姜尚说:"可能是圣人,因为车辆没有痕迹。"于是姜尚命人持粥迎客,便问其长幼。两骑士答道:"先进南海君,次东海君,次西海君,次北海君,次河伯、雨师、风伯。"于是姜尚知道他们是谁了,对武王说:"这是四海之神与河伯、雨师、风伯。南海之神祝融,东海之神句芒,北海之神玄冥,西海之神蓐收,河伯冯夷,雨师咏,风伯姨。"于是武王乃于殿上迎之。问所来何意,诸神答道:"天讨伐殷商而兴周,我们前来受命,愿督促风伯、雨师,令他们各奉其职,以孝微劳。"

有了神仙帮忙,行程也快了。大军很快就进发到了朝歌城外的牧野。纣王也拼凑了一支杂牌军,用来抵御周军的进攻。军队大多数都是由奴隶充数的,并没有多少忠臣志士。两军对垒的时候,只见周军方面旌旗招展,士气旺盛,有定拿下朝歌之势。商方士气低落,待到杀声渐起,顿时丢盔弃甲者极多,反戈而走者,引领着周军,向着朝歌的方向奔走。"我们来引路啊!"那些士兵呐喊着。在纣王的残暴统治下,早已没有百姓愿意跟从他了。

纣王听闻军队倒戈的消息,知道大势已去,便登上鹿台,换上漂亮的衣服,挂满珠宝,点燃火炬,"宁死也不做周军俘虏!"他望着那些楼台,心想这都是自己的,一并烧了吧。有几个宠妃随他而去,因为她们知道自己不会有好下场。

武王终于拿下了朝歌城,登上鹿台后见到纣王烧焦的尸体,心生感慨。他没有犹豫多久,取下斧子,割下了纣王的头,悬在战旗上:"此为天下暴君之见证!"他发散鹿台之粟,将这些粮食分给百姓,将金银财宝分给大臣,向天下宣告:"殷朝亡了,周朝已兴!"

武王就成了开国的王。然而他也忧心忡忡,想不明白殷朝为什么失去天下,怕重蹈殷朝的覆辙。他想向贤人请教,问了箕子,箕子不忍心说殷朝的不好,就讲述了国家存亡的道理。

于是武王把全国分成各个诸侯国,同姓异姓均有,用以辅卫王室,这就是"宗周"制度,直到今天仍然有它的痕迹。

周朝一共建国近八百年,这是武王的德泽。

影响

武王伐纣的影响太大了。王国维《殷周制度论》中说:"中国政治与文化之变革,莫剧于殷、周之际。"又说:"殷、周间之大变革,自其表言之,不过一姓一家之兴亡与都邑之移转;自其里言之,则旧制度废而新制度兴,旧文化废而新文化兴。又自其表言之,则古圣人之所以取天下及所以守之者,若无以异于后世之帝王;而自其里言之,则其制度文物与其立制之本意,乃出于万世治安之大计,其心术与规摹,迥非后世帝王所能梦见也。"

这是高度评价了武王伐纣的意义。然而为什么这么讲呢?用一句流行的话语来说,殷周之际,是一种生命观的变革,而不仅仅是制度。司马迁说:"敬之敝,小人以鬼,故周人承之以文。"这就是以人文代替了鬼神,而且是永久地代替了。从此祭天只是情怀,不再杀俘以祭天,人牲渐渐断绝,这是多么大的历史进步。直到十五世纪印第安人还有这个痕迹,据说他们就是商朝人的后裔,漂洋过海来到了美洲,保留下来了人殉制度。这就是恐怖的传承,这个在中国早就断绝了。这是周朝人的功德。

然而它对后世政治的影响也不仅仅是这里。因为暴政的迭兴,中国历史上"武王伐纣"不在少数,往往人人都打着武王的旗号,以"为民除残"。人们不相信他们真的能"为民除残",于是沽名钓誉者也有不少。是不是真的就是"仁君兴于世",其实也是说不准的事,"武王伐纣"成了一个公用的典,任何人都可以引用。

它真正的影响是在政治哲学上,最主要的是由孟子发扬了。所谓"仁政",也真是千古百姓的渴盼。所谓"徯我后,后来其苏""饥者易为食,渴者易为饮",都是讲仁王来就能救民于水火。抑或是"闻诛一夫纣矣,未闻弑君也",这种大胆,更是让后来者不敢再犯。

这就是武王伐纣对中国的真实影响。我们不夸大它的意义,然而它终究给了百姓活路,让百姓看到了光明,也促进了历史的进步。谁是圣王其实已经不重要了,那种旗号能坚持得下去,也就是真正的仁君。

诗歌里的神话

戏咏雪月故事短歌十四首(其一)

清·钱谦益

赤乌横飞王屋热①,流光化作十丈雪。
祝融河伯来会朝②,共踏同云奉玉节③。
把旄仗钺谁最强,师臣百岁方鹰扬④。
应怜风雪垂竿夜⑤,独守丹书渭水旁。

钱谦益(1562—1664),字受之,号牧斋,江苏常熟人。以明旧臣投降清朝,授礼部侍郎。工诗,沉郁藻丽,誉满东南,有《初学集》《钱注杜诗》。

主旨

此是戏嘲武王伐纣,把姜尚弄得很辛苦。

注释

① 赤乌横飞王屋热:太阳挡在天上,王屋山太热了。赤乌,指太阳。
② 祝融河伯来会朝:指七神来见武王,见前文。
③ 共踏同云奉玉节:指众神听令,共伐大商。共踏同云,踏着同一片云层。奉玉节,指听武王号令。
④ 师臣百岁方鹰扬:师尚父百岁才开始展现出威风啊!师臣,指姜尚。鹰扬,威武奋扬如鹰。
⑤ 应怜风雪垂竿夜:可曾想到他曾风雪夜在外垂钓。

诗里诗外

武王伐纣是很多小说的题材,最有名的就是《封神演义》,这部小说曾有与《水浒传》《西游记》鼎足而三的野心,然而影响力却不及二者,书中很多内容也是民间传说的汇杂,还包含佛道二教的思想与忠君爱国的主题。

书中写姜子牙是从昆仑山上下来的,这就是一个古老的传

诗歌里的神话

说，因为昆仑山确实是神地。传说，西王母在昆仑山的峰顶，像鬼狐仙妖，后人都要去朝拜。这就是昆仑山的魅力。

然而还有很多东西是不为人所知的，比如说道教的一些秘法，曾有传说《封神演义》可能是明代道士陆西星写的，我看也有道理，此非精通道玄学说者不能为也，而许仲琳只是一个代笔者，道士不愿太显名，方为此事。由此可见，《封神演义》中许多可能是真的，那时候可能真有一场神魔大战，各自支持一方，天地之大劫也。这也说不定是道教的秘传，后来演化成一种演义小说的形式。

姜太公钓鱼

传说 //

与伊尹相比,姜子牙就忠实得多了。我们似乎只知道他的老年生活,而不知道他年轻时的行迹。若是按神话来说,他肯定是常年修道的。《封神演义》上讲他修于昆仑山,才有了封神的资格。据说他在昆仑山上修了四十年,七十多岁时下山,可能是奉师命去拯救苍生,抑或是自己悟到什么,比如说人生大限之关键节点。常有宗师会这样,修着修着就还俗了,但是并不保证他一定能在俗世过得好。或者说有什么魔劫让他修不下去,那就是有世缘在干扰了,姜子牙可能就是这种类型。

那是什么样的缘让他下山的呢?他也想到可能是一番惊天动地的事业。莫非像武丁遇到傅说一样,再兴殷朝?这也是有的,此时殷相之衰已经显露出来,需要一个人来拯救吧?他想到这个人就是他自己,于是跑到朝歌,卖起卜来。谁知道世缘比这还大,他居然娶了一

诗歌里的神话

个六十八岁姓马的妇女,当然这是小说家言。于是马氏撺掇他去当起了屠夫。他哪里会卖肉啊,结果根本无法营生,很快妻子就离开了他。临走前姜太公对她说:"拜托您老人家先忍忍,我是一定会飞黄腾达的。"可是这妻子没有这么多的耐心,一个卖肉的能有什么前途呢?还是一个穷算命的。这就是姜尚当时的窘境。

姜子牙确实不会营生,因为一辈子都在修道。若论起经天纬地之学,那无人能与他争第一,可这营生嘛,也太小家子气了。修道之人其实都是这么想的,所以需要人供养。可是世间人哪里会供养他呢?这让姜尚很穷蹙。他也学着伯夷叔齐,听说西伯侯善养老,那不如到西边去吧。说不定此时他已想到了,要助周灭商。

但西岐也是藏龙卧虎之地,西伯侯的养老堂不收这样的人。其实那些老人也不知道怎么进去的,大约是本地人吧,都是些名族后裔,这才进得了养老堂。作为一个外来人,其实是不可能进去的。所谓西伯善养老,可能也只是一种称赞吧,不是说到处都是养老院。姜子牙觉得自己太一厢情愿了,到西岐还是要谋生,于是他只好去钓鱼,做一个渔夫,勉强维持一点生计。

他觉得自己太穷了,很多时候都想回昆仑山上去,其实有的时候行囊都准备好了,但又莫名地留了下来。他很烦躁,因为不知道是去是留,就等着文王有一天来找他,也只有这一个念想了。

渐渐地,姜子牙也有了些名声。那时候西伯侯姬昌被囚禁在羑里,他的几个臣子知道有这么个贤人,就去找他出主意。他觉得机会到了,就献了一条"美人计",就是将各种珠宝、美人,送到朝歌,这样西伯侯或许能出来。几个臣子照计执行,果然西伯侯被放了出来(当然也有西伯侯食其子做成的肉饼的缘故)。不过又过了很久,姜子牙才盼来

诗歌里的中国

了文王的一见。那天他在钓鱼，忽然听到了马车的声音，那个高大的身影终于向他走近。这就是那个人——西伯侯姬昌，他的头发已经花白了。姜子牙听闻他的长子伯邑考被他自己所食，而他也已经与纣王彻底决裂了。

交谈之后，文王带姜子牙一同回了宫，并让他做了首席谋士，又称"师尚父"，在他的辅佐下，西岐周边的几个小国自动归服（也有说是西岐自己去攻灭的）。他还建议文王将都城迁到丰地，这样更方便周的统治。迁都之后不多久，文王就去世了，次子姬发继位，是为武王。武王也拜其为师，自此姜子牙更能享受一种帝师的尊严。

纣越发荒淫，他们才想到可以去攻灭纣了。据说共出兵了两次。那时候他们到达了孟津，来的有八百多诸侯，都说："可以上朝歌了。"也不知道姜子牙看到了什么，或者说想到了什么，说："还不行，再等等。"于是大军又退了回去。

待到比干被杀，纣又囚禁了箕子，姜子牙也觉得纣罪大恶极了，他对武王说："可以出兵了。"于是武王通告诸侯，共同讨伐商纣。但途中还是遇到了风雨，大家都觉得这次征伐又要无功而返，但这次姜子牙很坚持，"此次不伐，必遭天谴"。于是大军终于于甲子日来到朝歌城外的牧野。纣王也组织了一支军队，不过只是些乌合之众，一打就散。很快商朝灭亡，姜子牙成了开国元勋。

姜子牙被封在齐国，是为了镇抚东方。他率军到达齐国营丘的时候，遭遇了一场小小的变故。那时候莱国也想抢占营丘。于是太公日夜兼程赶往营丘，在淄河边与莱军相遇，杀得莱军丢盔弃甲。于是齐国正式建立起来。

齐国的治国方式是"法治"，这与鲁国的"德治"是不一样的，

诗歌里的神话

许多施政并不徇私情。司寇营汤讲所谓的"仁义",收受贿赂,太公就将他斩首,以昭示其国风。东海边又有一对狂矞、华士兄弟,自称隐士,用一种非暴力不合作的姿态,拒绝向太公称臣,太公觉得他们对国家是有危害的,同样将他们斩首。很快,齐国就出现一派国泰民安的局面,为后来成为大国奠定了基础。

不过太公没有在营丘待多久,他的从政生涯基本上是在镐京度过的。那时候,齐国基本上由他的三儿子丘穆公镇守。几十年间,太公辅佐了三朝君主——武王、成王、康王,据说到139岁才去世。这期间,他参与平定了管叔、蔡叔、霍叔的"三监之乱",也帮助周公平定了淮夷、徐夷、"殷东五侯"的反周运动。太公的功绩彪炳史册,遂成为与周公、召公并立的周初三贤臣。

影响

姜太公似乎注定是一个传奇人物,明代人为他写出整整一部《封神演义》来。民间的戏曲传说更是数不胜数。我们没法说姜太公立了多少功绩,作为道家人物,他是少有的成功者,成为彪炳史册的大英雄。后人说,"兴周八百年之姜子牙,旺汉四百年之张子房",就是说道家人物的力量是巨大的。他们学了些奇能异术,行常人所不能行,往往出其不意地帮助君主获得胜利。

然而姜尚封神的真实性有待考证。只要我们想到周穆王时尚且有见西王母的事迹,那之前的姜尚封神也就可以成立了吧!在中国的传说里,这之后的神祇谱系基本上是按姜尚的"封神榜"

诗歌里的中国

订立的,包括《西游记》里的诸神秩序。这些传说里的真神,其先也就是阵亡的亡魂,或许也真就是商周之战中的亡军,然后成了神祇。那封神的意义就大了,人可以主宰神的命运,这恐怕是开天辟地以来唯一的一次。

当然他也不是封了全部的神,只是封了一部分,这就足以昭示天地了。更不必谈他在人间的功绩。商周之战中死亡的英雄,或成为冤鬼,或成为奇魅,都在姜子牙封神下位列仙班。这是多么强大的法力。实际上殷周之变确实是整顿乾坤之大事,王国维《殷周制度论》中所谓"中国政治与文化之变革,莫剧于殷、周之际",即是指此而言。这是天地的巨变和历劫,势必要牵动仙班及其等级,人也会对神有影响。我们也想起了特洛伊战争,不也是从地上影响到神界吗?

这样姜子牙的地位就很复杂了。他是重整乾坤第一人,之前的一切秩序都被"扫荡"掉了,我们几乎看不清商周嬗变的痕迹,那是改换了一个民族的血液,从此变成了一个伦理制度主宰的国家,连神迹也少了许多。这样的历史,就成为一种人的历史了。这其中,封神占了很大的功绩,因所封之神都是一些忠臣烈士,这就确保了人间的安宁。当然,这是一种猜想,可如果按神话的逻辑,如果神不想让人间安宁,人间也无法实现安宁。之后的神都守秩序,庄子所谓"圣人之所以骇天下,神人未尝过而问焉"也就真的实现了。这才是中国式伦理的基础,其有一个神学的保证。

至于姜子牙在齐的治迹,实是开了中国"法治"一脉,所以后世经常把齐国和鲁国作对比。事实是齐国撑到了历史的终结(秦始皇灭齐),而并非孔子说的"齐一变,至于鲁;鲁一变,至于道"

诗歌里的神话

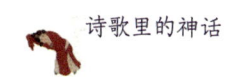

这种理想状态。后来管仲不过是在太公的背景下进行了改革,有了这个基础,齐国才成为霸主。齐在灭国前(包括田氏代齐),一直欣欣向荣,这也跟太公的努力有关。

司马迁在《史记·齐太公世家》中写道:"吾适齐,自泰山属之琅邪,北被于海,膏壤二千里,其民阔达多匿知,其天性也。以太公之圣,建国本,桓公之盛,修善政,以为诸侯会盟,称伯,不亦宜乎?洋洋哉,固大国之风也!"这就是对太公的盛赞。

咏怀古迹五首(其五)

唐·杜甫

诸葛大名垂宇宙,宗臣①遗像肃清高。
三分割据纡筹策②,万古云霄一羽毛③。
伯仲之间见伊吕④,指挥若定失萧曹⑤。
运移汉祚终难复,志决身歼军务劳。

杜甫(712—770),字子美,自号少陵野老,唐代诗人,人称"诗圣",祖籍襄阳(今属湖北),生于河南巩义,官左拾遗、工部员外郎,人称"杜工部"。博极群书,善为诗歌,中年以后流离坎坷。其诗博大雄浑,千态万状,反映了当时社会的动乱形态,人称"诗史"。有《杜工部集》。

诗歌里的神话

主旨

此是歌颂诸葛,叹其英雄悲情。

注释

① 宗臣:后世所尊仰之臣。《汉书》:"唯何、参擅功名,位冠群臣,声施后世,为一代之宗臣。"
② 纡筹策:周密地筹划策略。纡,纡曲,这里指周密。筹策,《道德经》:"善数不用筹策。"
③ 万古云霄一羽毛:就像鸾凤一样高飞于云霄之上。
④ 伯仲之间见伊吕:与伊吕相比也不差什么。伊吕,伊尹、吕尚。
⑤ 指挥若定失萧曹:指挥作战让萧曹也汗颜。萧曹,萧何、曹参。

诗里诗外

戏剧中的诸葛亮其实也是姜太公的样子,不过他却没有封神的事迹,只是一个人间之臣罢了。电视剧中演"星落秋风五丈原",他和姜维祭起神坛,向天借寿,但魏延进来了,不小心踏灭了七星灯主灯,于是遂知寿终矣,这就很有些姜子牙的味道。古代中国政治往往是人神交融的,而神又为人服务,如果天不假其寿,那即是蜀国运终，这就大灭其道行。他也没有杀掉魏延，只是说天意如此，这就是一个道士的心态。然而他是一个失败的姜子牙，只有其名，未得其功，空留下怅叹，让英雄们凭吊，变成了中国古代的一尊偶像。

这就是道士入政的一种悲剧，因为这不仅仅是成败的问题，它关系到道行本身的与天地参的能力。人事往往与天命结合，道家入政往往最讲究这个。其实玄机是不是真的就不能改变，比如说汉祚能不能复，或者说出现第三个"汉朝"，这都是开天地之大运的事，不仅仅是政权的更嬗而已。诸葛亮尝试了一下，多少有点知其不可为之的意思。然而要是成功了呢？那他也成为姜子牙，这种诱惑是很大的，等于说更改了华夏千年的运数，这也是玄机上的道理，他怎么能不争取呢？

老子说："道生之，德畜之，物形之，势成之。"这是万物生长的次序，诸葛亮能不知道吗？然而势能不能成，不还是在人吗？他抱着一丝希望，才演出了六出祁山的悲剧。最终蜀国还是被人攻灭，还只用了一战。这也确实是杜甫的哀愁（运移汉祚终难复），我们体会到了。

周穆王游天下

传说 //

周昭王去世后,其子姬满继承了王位,这就是周穆王。传说中,穆王是一个很有传奇色彩的天子,他很喜欢玩乐,但也不忘国事。继位之初,他办了几件大事,整肃了国内的纲纪。他认为很多事情都是国家体系出了问题,于是命伯臩重申国内执政规范,发布《臩命》。又任命吕侯为司寇,作《吕刑》,以正国内的刑法,其中规定了墨、劓、膑、宫、大辟五种刑法,共有3000多条。完成了这一切之后,他就开始了他的游乐生涯。

周穆王游乐的范围很广,甚至广及中亚。他也是中国历史上第一

诗歌里的中国

个以帝王的身份而旅行的。

据《列子》记载，曾经有一个化人来到周穆王的宫中，并请周穆王去天府畅游他的宫殿。化人的这座宫殿以金银建成，用珠玉做装饰，在云山雨海之上，空荡荡的，仿佛云积在那里一样。耳目所见，吃喝玩乐，均不是人间能看到的。对比之下，周穆王觉得自己的宫殿实在不值一看。他在那里待了有十多年——不过是在梦中，十多年也没有想念自己的国家。梦中化人还邀他来到一片神异之地，没有太阳和月亮，也没有江河湖海，只有一片光亮，让人目眩神迷。周穆王感到无所适从，只好请求化人带其回到原来的居所。这就是所谓异空间的体验了，上古人如何解释得了呢？只能说是仙。我们有时候在梦里能感受到，而穆王正是在"默存"（即打盹）的时候感受到的。

周穆王还到了西王母所在的地方。西王母是一个天神，并非传说中的酋长。周穆王参加了西王母的宴席。西王母在宴席上为他赋诗："白云在天上啊，山陵耸立于大地。道路既远又长，山川阻隔啊！你要是不死的话，还能再来这里吗？"周穆王答道："我回到东土，把华夏治理好。百姓们都平安了，我再来见你吧！看来要等三年啊，我将回到这里。"周穆王登上弇山，在弇山之石上记录了这次旅行，并做上记号"西王母之山"。周穆王临走时西王母送给他一首诗，意为："我来到西边的土地啊，就住在这片荒野。我与虎豹为群啊，与乌鹊相处。我守着这片土地而不走啊，因为我是华夏古帝的女儿。你现在又要离开我，回去治理你的人民。我只能吹笙鼓簧来欢送你，我的心也随你一起飞翔。你是万民的天子啊，一定会得到护佑。"（《穆天子传》）西王母舍不得他离去，于是作了这首诗。这是神仙与凡人相见的一次翔实的记录。

神仙是什么样的呢？他们生活在异度空间，能够探到下界的踪迹，而下界却对上界浑然不觉。就像周穆王睡寐时所看到的情景，他可以

二一六

诗歌里的神话

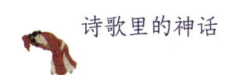

观照他自己的宫殿,然而在高真的环境中,他却觉得浑身不自在。周穆王的神仙经历是很丰富的,所以他这种高层空间的体验,也较常人更多。在绝地天通之后,这种人已经很少了,他却能有这样的幸运,不得不说是命运的垂青。至于大多数人,始终在猜测着生死的谜团,或者在皇权中喑哑着。

但也说不准是不是真有异度空间这个东西,或者说神仙境界是很难描述的。

不过周穆王这样周行天下,让国家内部出了问题。东方徐国的国君徐偃王,趁穆王不在朝作起乱来。由此可见巡行天下也不能时间太长。穆王命造父驾车,千里直救,终于平定了徐偃王之乱。在这个过程中,造父立了大功,穆王把他封在了赵地。

周穆王还见过不少奇怪的东西。有个叫偃师的匠人来见穆王,带了一个礼物献给他,这是一个能唱戏的假人,你让它唱什么,它都能活灵活现地演出来。穆王让它表演,这假人一个劲儿地卖弄姿色。待到周穆王将假人示给姬妾看的时候,假人开始调戏起周穆王的姬妾来。穆王大怒,立即要将偃师给斩了。偃师大惊失色,拼命拧下假人的脑袋和手脚,以示其真是个假人,周穆王才放了心。偃师把它重新安装起来,假人又开始卖弄风情了。不过,若把它的心摘去,它就不会唱歌;将肝脏摘去,它就成了盲人;将肾摘了,就不能走路。穆王叹道:"真是巧夺天工啊!"于是造了一辆车,把偃师接到宫里。我们也可以从中看出,周朝那个时候已经有假戏了,并且戏仿达到了相当高的水平。

周穆王有不少治迹,我们无法辨别真伪,只好当作神话来看。

有一次他接待了一个名叫意而子的仙人,他让仙人住在灵卑宫,时间久了,他就想封仙人为官,仙人很不高兴,就化成一只燕子,飞到天空中去了。所以后来燕子又叫意而。

诗歌里的中国

又有一次他行走在沙漠中，口渴难忍，却难找水源。有一个叫高奔戎的猛士，在左边辕马的颈脖上划了一刀，立即有青色血液流出来，解了穆王的渴。穆王大赏。还有一次，穆王看到一只猛虎藏在芦苇丛中，高奔戎见到了，请求生搏猛虎。没过一会儿，他果然擒住了老虎，将老虎献给穆王。穆王做了一个笼子，将老虎养在东虢这个地方，这地方又叫作"虎牢"。

总之，周穆王是一个很有传奇色彩的人。

不过他终究是个贤王，尤其对于今人而言，他的许多治迹，增长了人们的见识。让我们知道许多局限是可以打破的，我们可以拓展自己的空间，做出许多有想象力的事来。

周穆王还有封禅昆仑的神迹。那时昆仑山是天地的中心，在此封禅是有重大意义的。周穆王站在昆仑山脚下，望着广大的苍穹，发出人生的浩叹："这就是天地之中了啊！本王今生的使命是什么呢？"

周穆王活到一百多岁才仙去，他去世之后，周朝就开始衰微了。

影响

周穆王不知启迪了多少文人学士的遐思。最有名的就是陶渊明的《读山海经》，简直打开了一片奇异的世界，向人昭示着古代世界未有的角落。从此不再只文武周公，也有一个有趣的周穆王，作为一种出尘之思。他打破了穆穆棣棣的周世界，但又不违背它的伦常性，是文人的一个绝妙出口。

然而文人还是喜欢周穆王这样的皇帝吧，比如说明武宗这样的，只要是个顽主，不是那么奸的，与他相处最愉快了。他谈不

诗歌里的神话

上明智，但也不是暴虐，总之你只要符合他的脾气就行。这就是周穆王的传统。

他是周朝的第五位王，在他前面是武、成、康、昭，在他后面是共、懿、孝、夷、厉、宣、幽，然而共王在位 22 年，懿王在位 8 年，孝王在位 6 年，夷王在位 8 年，之后厉王在位 37 年，共和执政 14 年，宣王复位 46 年，这算一个承平时期，后面就是幽王在位 10 年，周朝（西周）就完结了。他真是承上启下的一个王，见证了多少事情，从人间的到奇异的，他未必如史书所说那么荒诞，他初期的政治治理还是很像模像样的。不了解他的人太多。

《穆天子传》也出土有很多年了（西晋太康二年，在今河南卫辉市发现），其中记载了穆天子的行迹，许多都与史书不类，丰富了我们对周朝的认识。

然而很多东西还是不得而知，比如说"吉日甲子。天子宾于西王母，乃执白圭玄璧，以见西王母，好献锦组百纯，□组三百纯。西王母再拜受之"。很多人都喜欢把他见西王母解释成见酋长，见一个西域的大尊长。但这神话味道是明明白白的，只不过是神仙下凡罢了。史书中关于二人行歌互答的记载更神奇，像是浪漫的神仙恋爱，仿佛留恋不去似的。西王母仿佛是一个神仙异客，专门接引凡人，所以才显得很亲民。

至于化人的传说更是他的神仙游记。

人生到此足矣，做人须像周穆王，这是许多文人都想讲的话。后世只有乾隆像他，文人也不敢巴望这样的范式。

人生不为周穆王，就像没活过一样。

所以人喜嬉游，找到一片乐天的境地，这就是极乐之感。

◆宋赵伯驹瑶池高会图 卷（局部）

本幅描绘周穆王八骏巡游，至瑶池会见西王母故事。

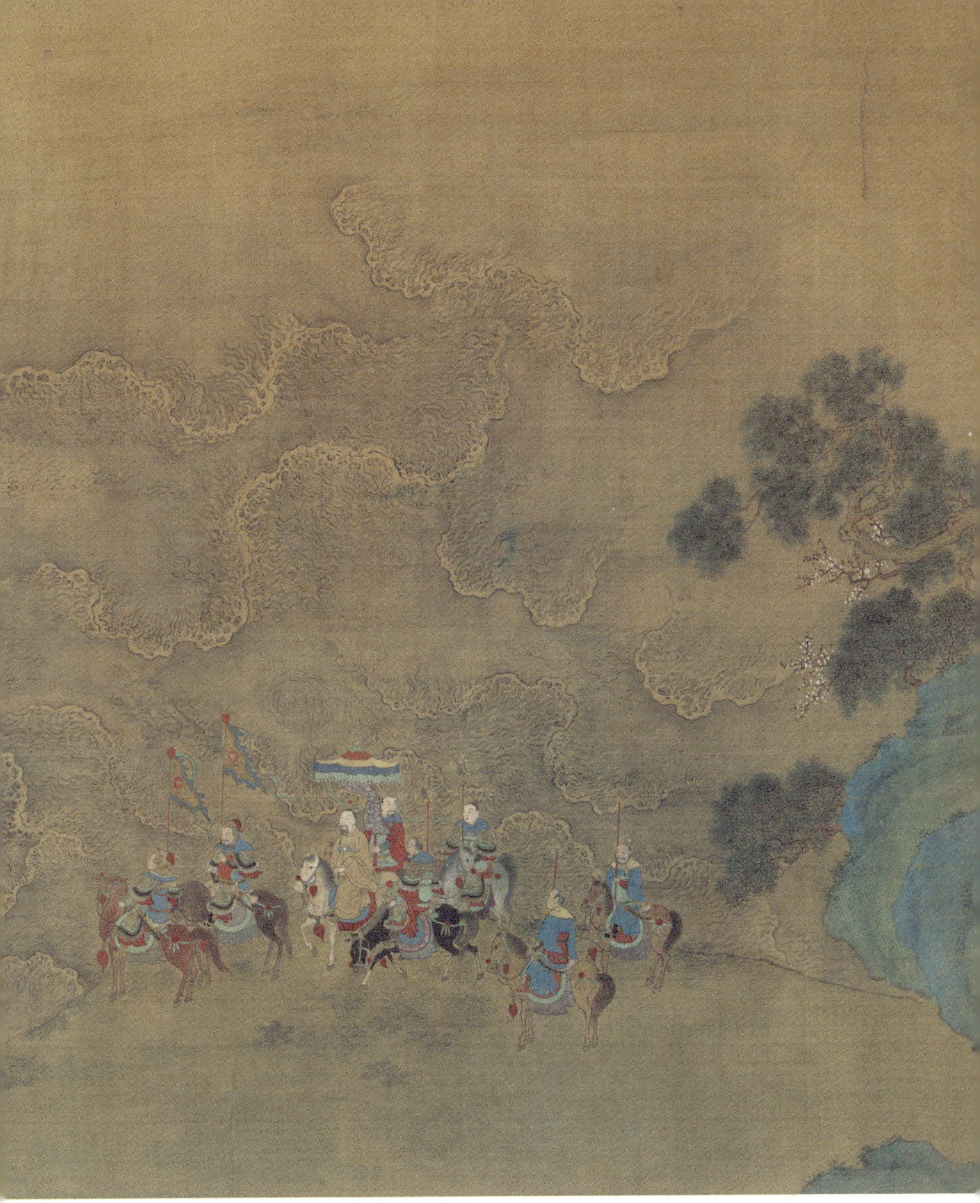

瑶池

唐·李商隐

瑶池阿母绮窗①开,黄竹歌②声动地哀。
八骏③日行三万里,穆王何事不重来。

李商隐(约813—约858),字义山,号玉溪生,怀州河内(今河南沁阳)人。唐著名诗人,工诗文,文采瑰丽,喜用典故,其咏史、吊古诗,怀古伤今,最有味道。著有《李义山诗集》《樊南文集》。

◆宋人画仙岩寿鹿 轴

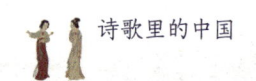

主旨

这是讽刺晚唐皇帝求仙之虚妄。

注释

① 绮窗：雕花的窗子。此句是写西王母的期盼之状，你看我把窗子都打开了，迎接你这个可爱的人儿，这是西王母对穆王的期盼心情。
② 黄竹歌：周穆王所作。《穆天子传》卷五："日中大寒，北风雨雪，有冻人。天子作诗三章以哀民。"此为借《黄竹歌》以寓穆王之崩。
③ 八骏：周穆王有八匹骏马，可日行三万里。

诗里诗外

　　神游万里的人到底是什么样的？或者说，他看到的到底是什么景象呢？那是一个巫术图腾还很昌盛的时代，那时人看到的许多都跟我们今天看到的不一样，玄异的色彩很重。
　　然而人还是人，即便是神异一点，他们的灵魂还是植根在这个地球上。现在修仙之类的小说都不安于地球，想去探索别样的世界。日日生存在这个地球上，的确单调乏味得很，如能打开天窗，或者说穿越回过去，见一见仙人，学一点武功，生活也会有

诗歌里的神话

趣许多。

《搜神记》什么的,还真搜到了不少神。那已经是汉晋时期了,神人相隔已久,久不见神踪了,只能看见一鳞半爪的记录,这就更不要说什么神迹了。所谓"昔人已乘黄鹤去,此地空余黄鹤楼",就是这种浩叹。

◆清冯宁二仙图　轴

烽火戏诸侯

传说//

　　史载，周朝传到厉王的时候，曾经经历过一次大的变故。那时候周厉王破坏祖制，不用先朝旧臣，却去亲近荣夷公，搞财务垄断，大臣们纷纷劝谏他，他就找了一个卫国的巫者来监视大臣，臣子有敢怨言的话，即杀却，谓之"吾能弭谤"。结果招致民众的反对，认为他是一个暴君。后国人暴动，周厉王只好流亡到彘地，召公、周公共同主理朝政，谓之"共和行政"。这是"共和"一词的最早出处。太子躲在召公家里，国人将其家围住，召公用自己的儿子代替太子，解了太子的危难。到共和十四年的时候，周厉王死于彘地，于是周公、召公共立太子为王，是为周宣王。周朝又恢复平静。

　　周宣王是一个中兴之主。他继位后，任用一帮贤臣辅佐政治，同时多方用兵，以挽回周朝声威，不籍千亩，料民太原，以挽回经济颓势，

诗歌里的中国

行善政，出大力，终于使周朝重获声威，短暂地复兴了一阵。

但夹在周厉王和周幽王中间的周宣王又有什么用呢？人说幽厉幽厉，他儿子周幽王甚至还排在暴虐的周厉王前面。传说王后怀胎未满就生下了周幽王，当时史官占验道："如果这个孩子身体有残缺，则国家无碍；若是身体完好，则周朝一定会灭亡。"周宣王听到史官的话，见孩子是完好的，便想丢弃。当时有一个叫仲山甫的大臣劝谏周宣王道："您这么大而没有男嗣，本身就是上天遗弃了周朝，您再弃掉这个孩子，这和国家灭亡有什么分别呢？"于是周宣王留下了这个不祥之子。

为了以防万一，周宣王对儿子的教育很负责，一直找一流的老师来教导，让他不至于走上邪路。太子长大后继承了天子之位，开始并没有什么荒淫的行径。

然而谁能想到一个女人成了周灭王的直接原因呢？夏、商时代太过遥远，不知道是不是真的亡于妹喜、妲己之手，可周朝的灭亡与褒姒有直接关系，是不是天命真的不可改呢？

至于褒姒，也有很离奇的传说，那已经引申到夏朝时候了。那时候有一雄一雌两条龙来到夏朝的王庭，在大殿上公然交尾，宫人怎么赶也赶不走它们。于是有个宫人突发奇想，把雄龙的精液收集起来，二条龙马上就走了。这些精液被保存下来，世世传递，一直传到周朝。

到了周厉王的时候，有一天厉王出于好奇，就打开装龙精液的匣子，结果精液流了出来，怎么也清不干净。厉王将一些妇女召集起来，对着精液大呼，精液变成了一只巨大的蜥蜴，在宫廷里跑起来。一个刚换牙的小宫女碰到了蜥蜴。她当时并没有注意到会有什么后果，只是在长大成人之后，莫名其妙地生下了一个女儿。她害怕极了，这是无夫而生啊！于是便把孩子扔到了宫墙外面。这个女婴就是褒姒。

诗歌里的神话

当时镐京里流传一首儿歌:"山桑弓,箕木袋,灭亡周国的祸害。"大家都被这儿歌弄得人心惶惶。周王也派人暗中寻访,到底谁是"山桑弓,箕木袋",谁会成为亡国的祸害。正巧这时,有一对做小买卖的夫妻,就是卖"山桑弓,箕木袋"的。他们把这两种货物担到京城里来卖,并一边吆喝着:"山桑弓啊,箕木袋啊,谁来买啊?"周王的暗探听到这些,立即向周王报告,周王立即命令把那对夫妻带回宫来,要将他们处死。有好心人知道这个消息,便告诉了这对夫妻。两人吓得连夜出走,走到宫墙边上的时候,发现一个被遗弃的女婴。他们觉得同是天涯沦落人,便收养了她,带出了京城。逃出生天后,夫妻俩来到了褒国,在一个叫褒姁的贵族家做了奴隶。从此褒姒就是小女奴,在褒国长大了。

后来褒姁犯了罪,心想没有什么可以赎身的,只有身边这个小女奴还漂亮,就用褒姒换取了自由。褒姒便来到了王庭,来到了周幽王的身边。

周幽王也有三千嫔妃,但他还是被褒姒吸引了,仿佛一股不可抗力似的,可能这便是命数。周幽王的王后名叫申后,是申侯的女儿,有一个儿子,就是后来的周平王,名叫宜臼。周幽王宠爱褒姒之后,褒姒生下了一个儿子,叫伯服。从那之后周幽王废后的念头就愈发强烈,最后终于将王后废除,立褒姒为王后,立伯服为太子。

但祸事并不仅仅如此。褒姒不爱笑,周幽王为了博美人一笑,用尽了无数办法,终于想到了一个荒谬的办法:点烽火台。第一次点燃烽火台时,诸侯们惊慌地前来救驾,美人看到这一幕终于笑了。可几次三番这么做,来的诸侯越来越少,美人也渐渐不那么快乐了。他又愁怨起来。

诗歌里的中国

这时申后的父亲申侯已经不堪忍受了，他联合了西夷犬戎、缯等好几个部落，率兵向周王发起进攻。周王急忙去点烽火台，但诸侯一个也不来。他只好带着褒姒逃亡，他被犬戎人杀死在了骊山脚下，褒姒被掳到了异族中。宜臼在东方继了位，是为周平王，从此周朝不再强大，王室的地位一落千丈，再也不复西周的盛景。

这就是周幽王烽火戏诸侯的故事。

影响

我们历来往往只嘲笑周幽王的荒淫，却很少论及这件事的因果。它不是一般意义上的亡国事件，而是"该亡则有因"，就像如今的许多公众事件似的，这个导火索其实并不太重要。周朝是一个充满宿命感的朝代，它对"人"的强调过甚了，作为对殷朝的反动，这就必然会引起"天"道的疏漏。也就是说，它的"人"道做得过于完美，直到孔子还啧啧称羡，所谓"郁郁乎文哉"。而流传下来的《周礼》，对各个职官的规定也是十分完善的。

人类是需要一点野性的，这个除了南方的楚国，周人已经被禁绝了，因为惩于殷朝的亡国，周人不敢太肆其心。这怎么会没有一点反动呢？如果说，周穆王是以一种潇洒的风姿周游天下，打破了这种沉闷的礼制，周厉王是一种贪婪与暴虐，那么周幽王，不过是以一种幼稚的方式追求爱情。所谓"穆穆棣棣，君臣之间"，这样一种氛围，只有在周宣王的奋发图强中才能保持完整。我们说周宣王的中兴可谓昙花一现，也无非说这种追求已经到了强弩

诗歌里的神话

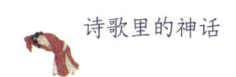

之末。最后一次辉煌礼制的呈现，就是周宣王时代。

某种程度上说，周朝这种礼制逆了天。这才是上天要"亡"它的缘故。它让人永远陷入一种平静中，即便是孔子也沉迷其中，历代儒生孜孜不倦地追求，无非抗拒不了这种魅力。"人"道是不可能被创建成功的，只能做个大概，周朝居然做出来了，这就只能是个特例，它不会存世太久，用佛教的说法，这是"五浊恶世"，不能存在太完美的"人"，况且那还是奴隶社会，历史还要往前走呢！

传说周朝要亡国的时候，"西周三川皆震""是岁也，三川竭，岐山崩"，周朝的伯阳父有过一段论述："周将亡矣！夫天地之气，不失其序；若过其序，民乱之也。阳伏而不能出，阴迫而不能烝，于是有地震。今三川实震，是阳失其所而镇阴也。阳失而在阴，川源必塞；源塞，国必亡。夫水土演而民用也。水土无所演，民乏财用，不亡何待？昔伊、洛竭而夏亡，河竭而商亡。今周德若二代之季矣，其川源又塞，塞必竭。夫国必依山川，山崩川竭，亡之征也。川竭，山必崩。若国亡，不过十年，数之纪也。夫天之所弃，不过其纪。"这就写出了周朝亡国的宿命感。事实上是不是真是如此？也是很难讲的。周朝人往往过度夸大了这种不可避免性，直到《左传》里还有这种痕迹，它把本来是自然的规律压在人的身上，让人承担生命之重，这才是周厉王、周幽王要反动的缘故。

周朝之亡国，成了对历代士人的警醒，礼制这个东西，也就更加被强调起来。

西施

唐·苏拯

吴王从骄佚,天产西施出①。
岂徒伐一人②,所希救群物③。
良由上天意,恶盈戒奢侈。
不独破吴国,不独生越水。
在周名褒姒,在纣名妲己。
变化本多涂④,生杀亦如此⑤。
君王政不修,立地生西子⑥。

苏拯,生卒年不详,唐昭宗光化年间人,《全唐诗》存诗一卷。

诗歌里的神话

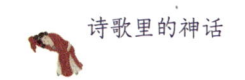

主旨

这是警醒君王勿要过奢、乱政,否则天会生西子来灭他。

注释

① 天产西施出:上天才降下乱吴的美女西施。这是一种宿命感。
② 岂徒伐一人:怎么可能只征伐一个暴君呢?
③ 所希救群物:是要拯救广大黎元啊!
④ 变化本多涂:上天降下乱政的美女的途径是多种多样的。
⑤ 生杀亦如此:君主的生杀也有许多途径。
⑥ 立地生西子:随时都能产生西施这样的人物。

诗里诗外

关于"美女祸国论"这个东西,总是被提及。为什么不是"女人祸国论"呢?这其中有个讲究。老子说:"天下皆知美之为美,斯恶已。"这显然是就"美女"而言,因为事物之美都不算"尤者",一定要拣典型的来论述,这才叫"经"嘛!

关于"祸国"的典型人物当属西周的褒姒。据褒国礼制,"妇人称国及姓",褒姒因为是褒国人,姓姒,故称褒姒。关于褒姒为何被进献给周幽王,有不同的说法。有说是周幽王攻打褒国,褒国兵败后,献出褒姒以求和;有说当时有个叫珦的大臣,是褒国人,曾对周幽王不理国事进行劝谏,却被周幽王关了起来,为了免除罪罚,褒国人便向周幽王进献褒姒。不管哪种说法,褒姒是个美女没错,而且得到了周幽王的宠爱。褒姒很快为周幽王生下一个儿子——伯服。周幽王大喜,虽然赏赐了他们母子很多财宝,但他们仍嫌不够。最终,周幽王废黜了申后和太子姬宜臼,改立褒姒为后,伯服为太子。太史伯阳参照历史说:"周亡矣。""祸成矣,无可奈何!"不过周幽王仍然不当一回事。

褒姒虽美,却不爱笑,自进宫以来,未曾笑过。周幽王想尽办法逗她笑,都没成功。为博美人一笑,幽王发布悬赏,只要能让褒姒笑,赏金千两。有个叫虢石父的大臣,出了个主意。虢石父献计,令烽火台平白无故点起烽火,招引诸侯白跑一趟,以此逗引褒姒发笑。没想到,昏庸的周幽王,真的采用了他的方法。

烽烟起,诸侯匆忙赶来,却得知并没有军情,丑态百出。褒姒看到他们慌乱又无奈的模样,果然笑了。这一笑,百媚生,让周幽王更加痴迷,又如此这般了几次。后来犬戎真的入侵了,周幽王燃起烽火,但诸侯的军队却不再到来,犬戎长驱直入,灭了西周,将褒姒掳去,周幽王和太子伯服也被杀死在骊山脚下。

不过,对于"烽火戏诸侯"的真实性,历史学界一直没有定论。钱穆在《国史大纲》中,就对"烽火戏诸侯"的真实性提出异议:"此委巷小人之谈。诸侯并不能见烽同至,至而闻无寇,亦必休兵信宿而去,此有何可笑?举烽传警,乃汉人备匈奴事耳。骊山一役,由幽王举兵讨申,更无需举烽。"

第六辑

春秋传说

孔子传说

传说 //

孔子是"不语怪力乱神"的人,照理说不应该有什么神话传说,但是偏偏他身上的神秘色彩很浓。就拿他的出生来说吧,《史记》上说孔子"生而首上圩顶",就是脑袋四周高,中间凹,这就是圣人之相了。道教的传说更是离奇。据说他还没有出生的时候,有麒麟在孔子家门口口吐玉书,上面讲:"水精之子,继衰周而素王。"他出生的当天晚上,两条龙从天而降,五位仙人降到他家的庭院中,"言天感生圣子,故降以和乐笙镛之音"。这都说明孔子出生的不同。

传说孔子继承了他父亲的基因,是个天生的大力士,能一脚踢翻老虎。《论语》中他调侃自己道:"吾何执?执御乎?执射乎?吾执御矣。"意思是:我干什么好呢?是驾车呢,还是去当射箭手呢?我还是驾车吧。这从侧面说明,他确实很擅长射箭,《礼记·射义》中说:"孔

诗歌里的中国

子射于矍相之圃，盖观者如堵墙。"他在矍相之圃射箭，看的人里三层外三层，可见射艺之高。

孔子自学了很多东西，很多都是奇谈怪闻，他都一一收入囊中，然而却不露声色，对外只以礼示人。但许多人都知道他是博学通物的，有了疑难杂事都去找他请教。有一次季桓子在家中挖井，得到一个像瓦罐一样的东西，里面有一只外形似羊的东西，便派人去试探孔子："我从井里挖出一只狗来，这是为什么呢？"孔子道："据我所知，这不会是狗，应该是羊。我听说，山中的怪物，叫夔，叫蜩；水中的怪物，叫龙，叫罔象；土中的怪物，叫羵羊。你们挖出来的，应该是羊才对，不会是狗的。"又有一次，吴国攻灭越国于会稽，从废墟里挖出一段骨头来，这骨头巨大得不像人类的骨头，但也不像兽骨。吴国遣使去鲁国，问孔子："请问什么东西的骨头是最大的？"孔子说："我听说，从前禹于会稽山会天下众神，防风氏后至，禹罪其迟，杀之，尸体就埋在会稽山。他的一节骨头，巨大得得用一辆车才能装下，这就是世间最大的骨头了。"使者叹服。

孔子三十多岁的时候，因为鲁国内乱，到齐国去找机会。他来到齐国京城门外，见一小儿，手提一把壶，随着自己的马车而走。孔子见这小儿生得眉清目秀，一开始还在跑跑跳跳地走着，慢慢地安静了，眼睛直直地注视前方，步履变得端正，像是被什么东西吸引住一样。孔子很快就明白了过来，原来是有音乐声。孔子凝神静听，接着兴高采烈地对赶车人道："快点去，快点去，《韶》乐要开始了！"《韶》乐是舜留下来的乐曲，演奏时若仙乐飘飘，连天上的神仙都会来欣赏，所以孔子说："不图为乐之至于斯也！"以至于他很长时间尝不出肉的滋味。

诗歌里的神话

孔子曾经去访过老子。老子瞅准了孔子的弱点，用动物化生的道理来开导他："你看那白䴉，只要互相看着，眼珠子不动，自然会怀孕。虫子，雄的在上风，雌的在下风，也自然会怀孕。像'类'这种生物，兼具雌雄二体，也自然会有孕。天性不能改易，命运不能更改，时机无法停留，真理不能障塞。如果得了道，怎么样都可以，失其道，怎么样都不行。"孔子三个月没出门，再来见老子，说："我还是明白了。乌鸦喜鹊在巢里交尾孵化而来，鱼儿以口沫相交而生，蜜蜂却自化而生，弟弟出生，哥哥就要哭泣。太久了，我没有和万物的自然造化为友。我不能跟自然造化为友，又怎么能够教化别人呢？"孔子对老子的评价是："鸟，吾知其能飞；鱼，吾知其能游；兽，吾知其能走。走者可以为罔，游者可以为纶，飞者可以为矰。至于龙，吾不能知，其乘风云而上天。吾今日见老子，其犹龙邪！"这就是真正见到圣人了，无以言传的味道。

他还有几个优秀的弟子。最有传奇色彩的即是子路。要让子路佩服可不是一件容易的事，因为说起勇武来，孔子在子路之下，尽管他精于武道。当初他是戴着鸡冠来见孔子的，那一副野人的装扮，也当真不像儒门中人。有不少关于他们的趣味传说。有一次子路遇到一只老虎，便和老虎搏斗，他抓住老虎的尾巴，用力一拉，尾巴被连根拔下。他去向孔子报喜，问孔子："请问老师，上士怎么杀虎呢？""上士怎么杀虎按其头。""中士杀虎又如何？""中士杀虎执其耳。""那下士杀虎呢？""那只有抓它的尾巴了。"子路便把老虎尾巴从怀里掏出来。在孔子的教导下，子路终于对其信服。自从收了子路，围攻孔子的人便少了。然而子路的下场却不怎么好，其在担任孔悝家臣时，卫国内乱，在一场战斗中，其帽缨被击掉了，他想起老师的教训："君子死，冠不免。"于是便执起了帽缨,最后却被刀剑砍成了肉酱。

孔子的弟子子贡也是一个贤能之才。据说他有"存鲁、乱齐、破吴、强晋、霸越"之功,然而只是一次出使,却比得上战国时的苏秦、张仪了。

然而他最得意的一个弟子则是颜渊。颜渊并不是《论语》中那个形象。孔子周游列国,有一次他看见一位妇女头上戴了一把象牙梳。孔子道:"你们有谁能去得到那妇女的梳子呢?"颜渊自告奋勇地走到妇人面前,道:"我有徘徊山一座,百树生长在山上,有树枝,没树叶,万兽藏在林中,有喝的,没吃的,求夫人借一面罗网,捕捉这些野兽。"妇人知道了,也没有犹豫,马上取下自己的象牙梳,递给颜渊。颜渊接过梳子,对妇人说:"夫人您为什么不问情由,立马就把梳子给了我呢?"妇人道:"我问了情由啊。你说徘徊山,这就是你的头嘛。百树有树枝没树叶,不就是你的头发吗?兽在林中,不就是虱子吗?你要借罗网来捕捉野兽,不就是借梳子来除虱吗?所以我把梳子借给你了,有什么奇怪的呢?"孔子听到两人的对话,道:"这个女人聪明啊,妇人的智慧尚且如此,更何况颜渊呢?"

孔子一生颠沛流离。他游遍了大半个中国,只为找到一个有道之君,可以实现自己的理想。但他的政治生涯不顺,却意外地成了中国教师的祖师爷。他晚年回到鲁国,半生理想破灭,只从事于文教,整理了多部典籍。鲁人称之为"国老"。

他的死也很离奇。子路死的那一年,孔子大病了一场。子贡请见孔子,孔子拄着拐杖,在门廊边很轻松的样子,对子贡说:"子贡啊,你为什么来这么晚呢?"然后孔子就歌道:"泰山要崩塌了吧?梁木要坍塌了吧?哲人要死去了吧?"他接着说:"天下无道已经很久了,没有人听我说的。夏朝人停灵在东阶,周朝人停灵在西阶,殷人停灵在

◆ 隋陈叔毅修孔子庙碑　轴

《修孔子庙碑》或名《陈叔毅修孔子庙碑》，碑文隶书，篆额，原石现存于山东曲阜孔庙。

诗歌里的中国

两柱间。我昨天梦到自己在正堂两根柱子的中间接受祭奠，我本来就是殷人啊！"过了七天，孔子就去世了。

然后他的灵就在天上。

影响

司马迁对孔子的评价是准确的："《诗》有之：'高山仰止，景行行止。'虽不能至，然心乡往之。余读孔氏书，想见其为人。适鲁，观仲尼庙堂、车服、礼器，诸生以时习礼其家，余祗回留之不能去云。天下君王至于贤人众矣，当时则荣，没则已焉。孔子布衣，传十余世，学者宗之。自天子王侯，中国言六艺者折中于夫子，可谓至圣矣！"这是热情的赞美，所谓观海难言，讲的就是这种味道。然而这也不是孔子一个人的功绩，是孔门全体的一种德性。他开创了一个学派，讲究实知立行、不尚玄虚，很像安徽大学的校训："至诚至坚，博学笃行。"中国人全体都宗奉这个，这就是儒学的影响力。

然而孔子又是一个极端复杂的人物，据玄学界的一些提示，他是一个古味极浓的"现代人"，几乎分不清他宗奉哪一派，所以说自由或是保守，都能从他那里找到依据。有人说，庄子是儒家的，这也并非借题发挥，他传承了孔子最自由的一面，或许是颜渊直传下来的吧。然而其他方面的传承就比较笨拙了，《论语》就是一个例子，包括《诗》《礼》之类全是这个味道，所以他就成了保守主义的宗师。

然后"礼教"就打着他的旗号，这也不能说他不是一个礼教

诗歌里的神话

的维护者。他对周朝的孜孜不倦，就是心怀故国，不愿舍弃那点周朝的遗产，此之谓"文明"。

然而"吾与点也"又是怎么回事呢？或许这就是他活泼的一面，真正大解放的心境，也不愿为礼教所束缚，所谓责任也，安敢辞之，这就是他对"礼"的心态。

久而久之也分不清什么是"礼"，什么是"自由"，孔子这个人真正做到了"从心所欲而不逾矩"，却让后世跟着学。那只是一种巧合，一个人的自由刚好与礼乐合拍了，不是人人都如此的。所以他一直说他的"人道"，道家说他"天刑之，安可解"，他是真正投入心去做这件事。也正是因为如此，他的他与"礼乐"梦想是实现不了的，他是一个"古人"，在当时的情况下，就是他与"礼乐"相通，这又如何能摆脱呢？也是他爱礼乐爱得这样深的缘故。

"从心所欲而不逾矩"，庄子是不会学的，只有后世的王阳明有这个味道，然而也不是孔子那种对"礼乐"痴迷的象。这样一种人格典范，实际上是无从学起，凡学者皆成妖……

历史往往由特例开始，行特例的人往往是真诚的。所以中国人需要"儒道互补"，孔子的"自由主义"太不明显了。

关于孔子，有太多要说的，太多言之不尽的兴感。

这就是一个人也说不完的话，此之谓圣人。

◆中唐 三乐镜

圆形镜，半球钮。镜钮上方有带框铭文3行："荣启奇／问曰答／孔夫子"，左方人物为持杖孔子，右方为以鹿皮为衣的荣启奇。下方柳树一株，象征郊野。

诗歌里的神话

岁暮海上作

唐·孟浩然

仲尼既云殁,余亦浮于海[①]。
昏见斗柄回[②],方知岁星改[③]。
虚舟任所适[④],垂钓非有待。
为问乘槎人[⑤],沧洲复谁在[⑥]。

孟浩然(689—740),字浩然,襄阳人,少好节义,隐居鹿门山,四十岁游长安,举进士不第,曾于太学赋诗,一座叹服。与王维同属山水田园诗人,有《孟浩然集》。

诗歌里的中国

主旨

这是借仲尼的浮海之思写自己的归隐之慨。

注释

① 余亦浮于海：《论语·公冶长》："道不行，乘桴浮于海。"这是欲隐居之意，亦有漂流四方之慨。

② 昏见斗柄回：黄昏的时候我看见北斗七星的斗柄转回来了。斗柄，北斗七星的第五至第七颗星，形如酒斗之柄，故云。古人根据斗柄的方向来确定时间和季节。

③ 方知岁星改：才知道岁星又轮了一回。岁星，木星，古时以其岁行一次，十二岁而一周天，可用以纪年，故亦称"岁星"。

④ 虚舟任所适：让轻舟载着我随意漂荡。《庄子·山木》："方舟而济于河，有虚船来触舟，虽有惼心之人不怒。"

⑤ 乘槎人：传说旧时天河与海相通，每年八月海边有木筏往来，有人遂带粮食乘筏，至天河，见牛郎与织女。

⑥ 沧洲复谁在：海上仙洲究竟在哪里啊？

诗歌里的神话

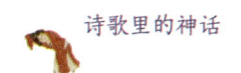

诗里诗外

　　如果有人问起，孔子这个人到底怎么样，你又该如何回答呢？

　　"青青子衿，悠悠我心，但为君故，沉吟至今"，即便是学佛学道，也依然无法摆脱孔子的影响吧，这是他的影响力。那种因缘范围，包天括地，即便没有真传下来他那些道统，难道人们不会找回吗？这就是文化的包容感。则天大圣，称王称帝，你说他是参透了谁呢？

　　人道不可没有孔子，但不是典籍上的那个，那不足以展示一个立体的孔子。中华有幸有孔子，也不幸他生得太早，若没有包天括地的胸襟，则理解不了他，这就是子贡之叹。

　　他永远守护着中华这片热土。

吴越传奇

传说 //

　　春秋时候的吴越故事，可以单独开篇。就像秦晋、齐鲁，地域相近，但又诞生出别样的风采。这是一个人也说不完的故事。吴越的渊源相近，又世代为敌，直到一方攻灭了另一方方罢，构成了一段传奇，所以放在这里来论述。

　　吴王阖闾是篡谋上位的。他收容了楚国的旧臣伍子胥，把他当作心腹，杀了吴王僚。他那时起了伐楚的决心，经过几年的准备，便派孙武、伍子胥、伯嚭三人共同去攻伐楚国，当年就攻下了楚国的六和潜两个县邑，又过了几年，攻占了楚国的郢都。伍子胥便专门鞭尸楚平王，报了当年杀父杀兄之仇。这是吴国势力极盛的时候。

　　吴国的南方有一个越国，据说是夏禹的后代，少康的遗族。他们很少与中原各国交往。到了越王允常时，便与吴王阖闾发生矛盾。等

诗歌里的神话

到允常去世之时,吴王阖闾便想趁机攻灭越国。然而新继位的越王勾践却向吴军发起挑战,带领勇士排成三行,向吴军冲去,大有壮烈成仁之慨。吴兵目瞪口呆,越军趁机袭破吴军,在樵李大败吴军,并且射伤了吴王阖闾。吴王阖闾临死前对儿子夫差说:"一定不要忘记越国啊!"

吴王夫差谨记父亡之耻,他在宫门前专门叫了一个人,每当入门前,那个人都会提醒道:"夫差,你忘了越国曾经杀死你的先王了吗?"夫差一定恭谨回答:"不敢忘记。"他这样明耻教战,仅仅过了三年,就找到了打败越军的机会。

勾践听说吴王在练兵,便打算先发制人。范蠡劝谏道:"这样不可以,我听说兵者是凶器,攻战乃背德,主动去攻击别人更是最下等的。阴谋去做背德之事,爱使用凶器,亲身参与下等事,一定会遭到天帝的反对,这样绝对不会有利。"越王勾践道:"本王已经决定了。"于是便与吴王展开大战,吴王悉出精锐之师以迎之,败越军于夫椒。越王勾践只以五千之众退守于会稽山上,根本没有力量再组织有效的反击。他请大夫文种去求和。伍子胥当时在旁,他不希望越王获得喘息之机,极力地让吴王不许。文种指天泣月,诉说越王之忠恳。吴王终于答应了越王之求和。

越王夫妻在吴王那里做了三年奴仆,其间做了一件最恶心的事。吴王病了,越王居然亲自为他尝粪,还诌了一通关于粪便的健康理论,说是吴王的病一定能好。不久,吴王的病果然好了。勾践这番自辱的行为,终于感动了夫差,夫差便赦他回国。伍子胥劝了夫差好几次,夫差都置若罔闻。

勾践回到越国,其复仇之心一日胜一日。他有意让自己的身心受苦,一天也不敢放松。他想睡觉的时候,就用蓼的叶子刺激自己;脚冷的

诗歌里的中国

时候，反而让它浸在冷水里；冬天寒冷的时候，反而去抱冰；夏天热的时候，反而去贴近炭火，以锻炼自己的意志。他还悬了个苦胆在门户上，出入的时候都要尝一下，没有一天例外。

后来，他想出了一条美人计，在苎萝山选中了两个极漂亮的女子，一个叫西施，一个叫郑旦。尤其是西施，因自幼在溪边浣纱，后来人将其浣纱之石称作"西施浣纱石"。她又有心痛的毛病，每每皱着眉头，捂着心口，人人都惊叹其美貌。有个叫东施的看见了，也想学这副模样，但因姿态过于丑陋，人们纷纷避开。这就是传说中的"东施效颦"。

越王勾践花了很大的功夫规范这两个姑娘的言行举止。虽说二人天生丽质，到底还要雕琢一番，才能献给吴王。据说在这期间，越王还拿西施来做生意。他在十字路口设了一个帷幕，让西施坐在里面，有欲观西施者，即须交一文钱，钱款即用来充实国库，还放话，要是西施离开了越国就看不到了。

终于到了将西施和郑旦献给吴王的时候了。越王让范蠡当使臣，谁知路上其与西施竟互相爱慕，后来共泛五湖的传说即与此有关。

西施、郑旦到达吴宫后，吴王一见，果然为之神魂颠倒。之后他用了三年筑了一座巨大的姑苏台。台的结构非常复杂，绵延了五里左右。台上有宫妓数千人，又另立了春宵宫，以作长夜之饮。又制作了能盛一千石酒的巨大酒杯。吴王又开凿了巨大的水池，池中造青龙舟，舟中女乐丰盈，吴王天天与西施坐在青龙舟里享乐。夫差还于宫中建了海灵馆、馆娃阁，馆中放置铜床，门槛是玉石的，周围的栏杆都用珠玉来装饰。

与此同时，越王在积极备战。范蠡向他推荐了两个杰士，一个是擅长剑戟的南林处女，一个是擅长弓弩的楚人陈音。金庸写的《越女剑》

二五〇

诗歌里的神话

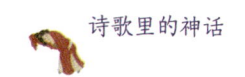

即以处女为原型。而陈音则向越王讲了弓弩的起源，他唱了一首歌："断竹，续竹；飞土，逐宍。"这是写古代孝子守护亲人尸体的，意思是"我斩断一支竹啊，连起来制成弓；我打出泥弹，逐那害人之猛兽"。越王用这两个人来训练军队，很快兵力大增。

但此时的吴王在干什么呢？由于打败了越国，他终于可以向北方进发了。正好这时齐国攻伐鲁国，孔子便派子贡来游说吴王，劝他攻伐齐国。这正好符合了吴王好大喜功的性子。伍子胥谏道："天如果要灭吴，您一去就打胜仗；天如果不灭吴，就让您打不了胜仗。"吴王果然打了个胜仗，回来便赐了伍子胥一把剑，让他自裁。伍子胥道："我死后，把我的眼睛挖出来，挂在吴东门之上，我要亲眼看见越寇来灭亡吴国。"

伍子胥死后，吴国果然一天比一天衰弱。吴王曾与晋人会盟于黄池，享尽了无上的荣耀。然而越国的攻打迫在眉睫，有时候吴王急回其师，来抗越寇。最后两次战争，吴王惨败，被迫向越人乞和。场面与檇李之战如出一辙。越王说："往日天曾经把越奉给君王，您却没有受。今天天把吴国奉给寡人，寡人不敢违背天命。"吴王却说："我多少比你年长一点，你要是可怜我，就给我一块小小的立足之地。你如果一定要毁了我的国家，那就请你进驻吴国吧！"勾践遂灭吴。

然而那几个臣子并没有得到好下场。范蠡走得早，据说后来与西施泛舟五湖。文种却留下来，被越王赐以宝剑自裁，与伍子胥一模一样。据说两人后来都成了神。

这就是吴越春秋。

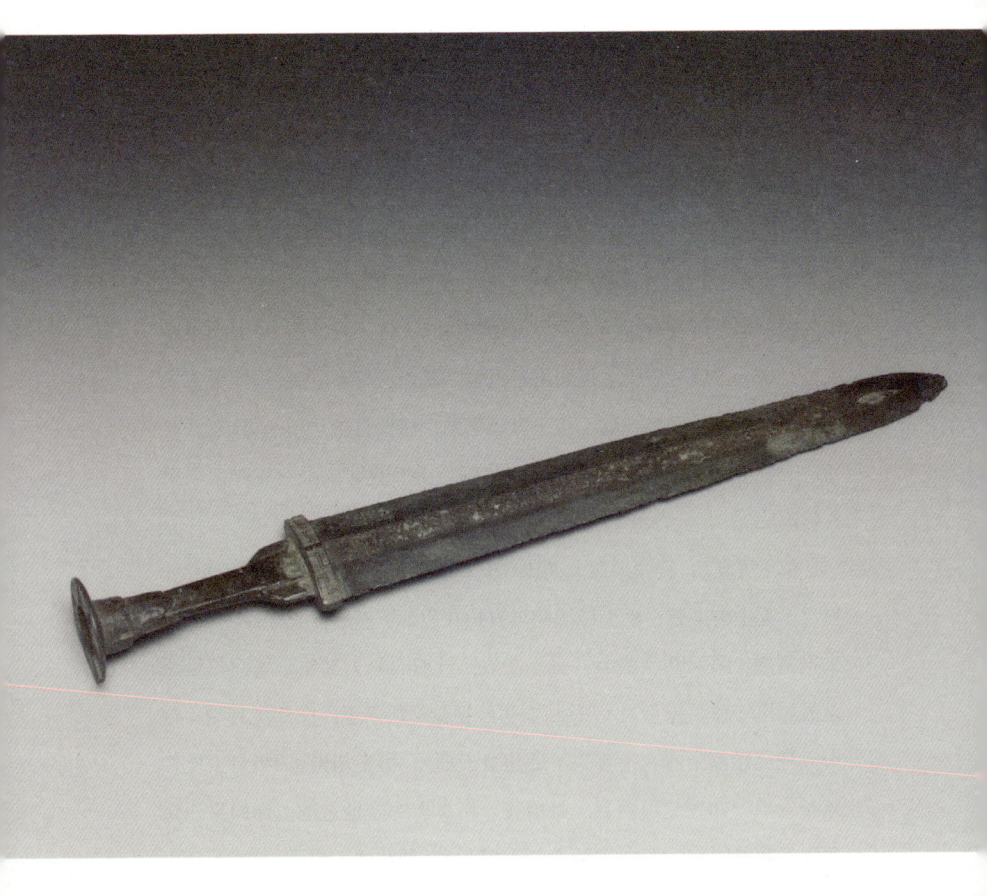

◆战国早期 越王嗣旨不光剑

剑格饰曲折线纹。铭文十二字,在剑柄尾端,铸铭嵌金银丝,为南方盛行的变体篆书,即美术化的战国古文形式。

诗歌里的神话

影响

如果说哪一段历史纠纷最具有戏剧色彩,那一定就是吴越春秋了。还有一本专门的书,就叫《吴越春秋》。这部书分十卷,从吴太伯开始讲起,一直讲到勾践灭吴,似乎就是为了托出这段历史。我们很少有人知道勾践的结局。书最后是这样写的:"二十七年冬,勾践寝疾,将卒,谓太子兴夷曰:'吾自禹之后,承元常之德,蒙天灵之佑、神祇之福,从穷越之地,籍楚之前锋,以摧吴王之干戈,跨江涉淮,从晋、齐之地,功德巍巍。自致于斯,其可不诚乎?夫霸者之后,难以久立,其慎之哉!'"他知道自己建立的国家不会长久,所以才说这段话。这是春秋的最后一现,从此之后就是平民政治了,不管苏秦、张仪巧舌如簧,也掩盖不了这个事实。

而勾践本人的形象太复杂了。他不是一个传统的复仇者,因为很少有复仇者能够做到如此卑微,以至于到今天,"忍辱负重"成了他的标签,他本人也成了不惧失败的楷模。而伍子胥则可以作为勾践的侧影。

西施的形象也不太清晰,历史上着墨不多。但她能颠覆一个国家,史载其沉江也好,与范蠡泛舟五湖也罢,基本上都是以正面形象出现的,除了美貌,其与杨玉环、妲己并非一类人。

范蠡的形象更是模糊,他事后又化身为陶朱公,成为一方巨贾,更是谱写了天大的荒诞剧。越王能找不到他吗?他是如何安然度过下半生的?可见也是传说居多,范蠡与陶朱公未必是一个人。可是他那种风概如此传神,成就了他的一番传奇,这就足以让人记住。

越中览古

唐·李白

越王句践破吴归,义士还家尽锦衣。
宫女如花满春殿①,只今惟有鹧鸪飞②。

李白(701—762),字太白,号青莲居士,唐代著名诗人,个性率真豪放,嗜酒好游。玄宗时为翰林供奉,后因得罪权贵,遭排挤出京城,后病死当途。其诗高妙清逸,世称其"诗仙"。

诗歌里的神话

主旨

这是想望当年越王勾践伐吴时的盛景,感叹人事变化,盛衰无常。

注释

① 宫女如花满春殿:宫殿里满是青春年少的宫女,像春天一样灿烂。
② 只今惟有鹧鸪飞:现在只剩下鹧鸪在飞来飞去了。

诗里诗外

李白极擅写怀古诗,他还有一首著名的《乌栖曲》,也是写吴王西施事的:

姑苏台上乌栖时,
吴王宫里醉西施。
吴歌楚舞欢未毕,
青山欲衔半边日。
银箭金壶漏水多,
起看秋月坠江波,
东方渐高奈乐何!

这是神人之笔,贺知章见其作,论道:"此诗可以泣鬼神矣!"诗是讲那个时代快要终结了,然而统治者还不知道,或者说知道而不愿面对,做一些补救措施。这是真正堕落的感觉,却写得如此传神,这才是"泣鬼神"的真正含义。

那时唐朝是不是也是这个样子呢?许多人都嗅到了一丝乱世将来的感觉,然而又不愿面对。尽管眼前是升平,暗处却危机四伏,这就是时势,所以说这也是"泣鬼神",警醒人的意思。果然在755年爆发了安史之乱,李白活到了762年,亲自见证了历史,终究没有避开此劫。像崔颢,虽然只活了约五十岁,却终究做着盛唐的迷梦。可见,多活几年又有什么用呢?倒不如像崔公子那样,"起看秋月坠江波"就是了,那样反而畅达一生,不用受这份罪。

这就是这首诗如此"泣鬼神"的缘故,人们说之不尽。

伍子胥传说

传说 //

　　伍子胥是一个有名的英雄,关于他的传说有很多神话色彩,故放在此处来论述。

　　伍子胥是楚国臣子伍奢的儿子。楚平王的太子要迎娶秦女,楚平王也看上了秦女,娶过来做自己的妻子。太子少傅费无极谗毁太子建于平王,伍奢向楚平王进谏,楚平王大怒,便把伍奢囚禁起来,并派人召他的两个儿子回来。大儿子伍尚知道尽管有危险,但还是回来了。二儿子伍子胥知道后,就披甲戴胄,带着弓箭,出来对使者说:"我是当兵的,不讲礼了。你就回去告诉王上,如果我父亲是无罪的,请释

诗歌里的中国

放了他,要是认为他有罪,就请依律处分好了。我回去能有什么用呢?"于是使者回去禀报,楚平王只好杀了其父与其兄。消息传到伍子胥那里,他发誓要报仇。那时他依附太子建。太子建在宋国,他便跟到宋国。太子建到郑国,他也跟着过去。太子建想与晋国合谋吞灭郑国,谁知机事不密,被郑国人所杀。伍子胥于是只好带着太子建的遗孤公子胜(后来又叫白公胜)流亡到吴国。

流亡途中要经过一道险关,这是最艰难的事。关于他是怎么过关的,有两个传说。其一是他被楚国昭关的官吏抓住了,因为关上贴着伍子胥的通缉令。伍子胥便谎称楚王之所以要抓他,是因为自己藏了一颗名贵的珍珠,但现在这颗珍珠被自己弄丢了,那就不妨说是守关的人私吞了,这样一来二去,守关的人居然真的信了,于是便放了伍子胥这尊瘟神。不过有人觉得这个传说过于离奇了。

另一个传说更可信一些。伍子胥在过关前,住在熟人东皋公家中。他们在一起商量过关的计策。因此时关上贴着伍子胥的通缉令,伍子胥焦虑万分,想了一夜办法。第二天东皋公来看他的时候,竟发现他须眉皆白。东皋公大喜,道:"这样别人就认不出你了。"伍子胥百感交集,但他还是很惊惧。第二天,他乔装易容成老人,带着公子胜走到关前,守关的官吏稍微看了看,就放他们过去了。

然而这只是第一关,逃亡的路途不是那么容易的。伍子胥带着公子胜走了一会儿,便来到一条大江边。伍子胥正忧愁着,这时从江心摇来一条小船,船上站着一个渔夫。他见伍子胥如此落魄,便料定他是逃亡之人。他没说什么,便把伍子胥和公子胜接到船上来,将船渡过江去。过江之后,渔夫见伍子胥和孩子面有饥色,便对他们说:"我给你们弄点吃的去。"伍子胥担心有诈,便躲进了周围的芦苇丛中。渔

诗歌里的神话

夫回来后，不见人影，知道自己被怀疑了，便很诚恳地叫他们二人出来。伍子胥这才放下心来，相信老父是真的要救他，对老父说："我的命原本属于上天，今天属于老父你了。"

伍子胥把宝剑卸下来给渔夫，渔夫干脆点明了："我听说楚王下了令，生擒伍子胥的，赐粟五万石，封爵上大夫，这我都不贪图，哪会要你的宝剑呢？你这宝剑对我没用，倒是你需要用来防身哩！"伍子胥大谢，临走时对渔夫说："倘若追兵前来，请您一定代为保守秘密，不要说见过我。"渔夫满脸不快，道："我算算是欠了你的吧，你仍然是这样怀疑。如果追兵从别的地方赶上了你，我又如何自明呢？算了，我还是一死来杜绝你的怀疑吧。"说着，他就用桨弄翻了船，自沉在江流中。伍子胥怔怔地看着，心里敬佩这个人。

又经过了几关，伍子胥终于来到了吴国，此时他已经身无分文，穷得像个乞丐了。伍子胥匍匐着身子，用膝盖走路，在吴市上乞食。官吏中有会看相的，看到伍子胥后十分惊讶地说："我给人看相多了，没见过这样的人，莫不是从外国逃过来的臣子？"便带他去见吴王僚。吴王僚与伍子胥谈，伍子胥没有一句话是重复的。吴王起了伐楚的念头，在旁的公子光谏吴王道："伍子胥是为了报私仇而伐楚，大王不要轻易信任他。"从此伍子胥知道，公子光有内志，不可说以外事。

公子光是吴王诸樊的儿子。本来吴王寿梦是要传位给小儿子季札，便从诸樊（大儿子）依次传下去，季札却没有接任，王位由三儿子夷昧的儿子僚继承了。公子光怀有不忿，因为要论资排辈的话，孙子辈中他是老大，怎么能让僚来接位呢？伍子胥探知了这个消息，便决定帮公子光达成这个心愿。

他找到一个叫专诸的勇士来帮助公子光。吴王喜欢吃鱼，专诸便专程到太湖边学习了三个月，练就了一手的烤鱼绝技。这时候楚王去世，吴王僚命他的两个弟弟盖余、属庸将兵伐楚，兵在外，内必虚。公子光即请吴王僚来家中赴宴，说是家中新添了一个厨子，很会烤鱼。吴王答应了，带了大批卫士前来赴宴。到开宴的时候，公子光见时候到了，便假托自己有足疾，要到内室换一换鞋。此时专诸上菜了。他把匕首藏于鱼腹之中——故此剑又名"鱼肠剑"——走到吴王僚面前，没等吴王反应过来，他便抓起鱼肠剑，朝吴王胸口刺去。交戟卫士执戟把他拉开，专诸胸腹已破，但鱼肠剑仍在吴王胸中，穿透了后面的墙壁。两人当场死亡。公子光这才出来收拾残局，顺便接任了王位，这就是吴王阖闾。

伍子胥终于可以复仇了。他和此时在吴国的孙武用计攻破楚国多座城邑，几年便打到了楚国的都城郢。伍子胥把楚平王从坟墓中扒出来，打了三百鞭子，算是报了家仇。

然而伍子胥的结局却不太好。几年后，吴王阖闾去世，其子夫差继位。夫差伐了越国，却没有将越国灭国。伍子胥就劝谏过他一次，说是千万不能纵敌。果然，越王勾践卧薪尝胆，几年后又东山再起。此时吴王却要北游黄池，与中原大国会盟争霸。伍子胥又劝谏了一次。吴王的宠臣伯嚭诬陷伍子胥与齐国勾结，吴王便赐他一把剑，要他自杀。伍子胥道："罢了，罢了，我早知道会是如此。我死之后，后世一定会认为我是个忠臣，推到夏商的时代，能和关龙逄、比干去交朋友了，我算死而无憾。我死之后，不要忘记在我的坟墓旁种上梓树，将来你们可以用它做棺材。把我的眼睛挖下来，悬挂在吴都东门上，让我亲眼看见越寇来灭吴！"说完便自刎了。其后，越国果然灭了吴。

诗歌里的神话

影响

　　伍子胥可谓大丈夫。在漫长的封建时代，敢向君主复仇的其实也寥寥无几，更别说亲扚入郢、亲数其罪、当众鞭尸了。

　　然而他的负面影响也挺大的，源于其复仇不讲究"度"。俗话说人死为大，像鞭尸这样的行径，实在太过残忍。他可以换个方式：写一篇檄文，在楚平王的坟墓前念出来，声讨其罪过，这样也可以告慰先人。可能也正因如此，即便他忠心耿耿，也没有始终取得吴王的信任，导致最后不得善终。这就是伍子胥的悲哀。不过后世有几多效仿者，均以"烈"出名，这也成了中华民族的一个人格特征。《列女传》中的人多是此种性格。

　　然而伍子胥也是悲剧的，因他并没有忠到底，也没有奸到底。他或许是感念吴王阖闾的知遇之恩，才这样安心地为吴国效力。这是士酬知己的风概。然而这里面也有建功立业的想法，包括他个人扬名立万的念头。这就是一个人的复杂性。

　　他为什么一定要劝谏吴王夫差呢？为何不能随大溜地附和下去？他或许有一种责任感，这跟复仇是一样的，他不能放弃自己的使命，或者说，半生基业在此，他早已是吴国的一部分。伍子胥就是个直臣。他不能不劝谏，坐视吴国基业毁于一旦。正是这种矛盾性导致了他的悲剧。

诗歌里的中国

行路难三首(其三)

唐·李白

有耳莫洗颍川水①,有口莫食首阳蕨②。
含光混世贵无名,何用孤高比云月?
吾观自古贤达人,功成不退皆殒身。
子胥既弃吴江上③,屈原终投湘水滨。
陆机雄才岂自保?李斯税驾苦不早④。
华亭鹤唳讵可闻⑤?上蔡苍鹰何足道⑥?
君不见吴中张翰称达生⑦,秋风忽忆江东行。
且乐生前一杯酒,何须身后千载名?

李白(701—762),字太白,号青莲居士,唐代著名诗人,个性率真豪放,嗜酒好游。玄宗时为翰林供奉,后因得罪权贵,遭排挤出京城,后病死当途。其诗高妙清逸,世称其"诗仙"。

◆无名氏缂丝仙壶集庆 轴（局部）

主旨

此诗写诗人厌烦朝野之争,意欲隐退江湖。

注释

① 有耳莫洗颍川水:《高士传·许由》:"尧让天下于许由……由于是遁耕于中岳颍水之阳,箕山之下……尧又召为九州长,由不欲闻之,洗耳于颍水滨。"

② 有口莫食首阳蕨:《史记·伯夷列传》:"武王已平殷乱,天下宗周,而伯夷、叔齐耻之,义不食周粟,隐于首阳山,采薇而食之……遂饿死于首阳山。"

③ 子胥既弃吴江上:《吴越春秋·夫差内传》:"吴王闻子胥之怨恨也,乃使人赐属镂之剑。子胥受剑……遂伏剑而死。吴王乃取子胥尸,盛以鸱夷之器,投之于江中。"

④ 李斯税驾苦不早:《史记·李斯列传》:"李斯喟然而叹曰:'……夫斯乃上蔡布衣……当今人臣之位,无居臣上者,可谓富贵极矣。物极则衰,吾未知所税驾也。'"税驾,停车,指身退。

⑤ 华亭鹤唳讵可闻:《晋书·陆机传》记载,陆机被宦人诬陷,被杀害于军中,临终叹道:"华亭鹤唳,岂可复闻乎?"

⑥ 上蔡苍鹰何足道:《史记·李斯列传》:"斯出狱,与其中子俱执,顾谓其中子曰:'吾欲与若复牵黄犬俱出上蔡东门逐狡兔,岂可得乎?'"又《太平御览》:"《史记》曰:'李斯临刑,思牵黄犬,臂苍鹰,出上蔡门,不可得矣。'"

⑦ 吴中张翰称达生:《晋书·张翰传》:"张翰,字季鹰,吴郡吴人也……翰

诗歌里的神话

因见秋风起,乃思吴中菰菜、莼羹、鲈鱼脍,曰:'人生贵得适志,何能羁宦数千里以要名爵乎!'遂命驾而归。……或谓之曰:'卿乃可纵适一时,独不为身后名邪?'答曰:'使我有身后名,不如即时一杯酒。'时人贵其旷达。"

诗里诗外

  李白还是很想做一番大事业的,所以他一生都有着经世情怀。然而正如《长安三万里》表现的那样,他是一个异常幼稚单纯的人。他也不知道官场是什么样子,比如说要经过什么阶梯,才能得到那种夤缘的效果,还未成功却一天到晚把"功成身退"挂在嘴边。那是一种浪漫的想象,而事实是,历史上功成身退的人经历了太多政治的颠殒。一个怀着赤子之心的人,偏偏讲着最深沉的道理。他也不知道该怎么做,要经历哪些凡俗的事情。或许,写几篇诗赋就成了吧。

  然而功成身退到底是什么呢?它是一种自保之术,并不是一种浪漫的情怀。像张良只取一个留县,封留侯,就是功成身退的典型,他知道留在汉廷必遭祸害,于是选择了自保。袁天纲只选一个火井县,也是同样的路数,都是不可贪功,以免发生祸端。真正的道家人物立事如此,是一点都不潇洒的,显得有点谨慎过头,哪像李白这么狂放呢?

  所以说李白是天生的诗人,却并不适合做一个政治家。